D1146067

Wie ben ik?

Norah McClintock
Wie ben ik?

Vertaald uit het Engels door Frieda Dalemans
Oorspr. titel: Mistaken Identity
Oorspr. uitgever: Scholastic, Ontario, Canada, 1995
Omslagill.: Clavis
Trefw.: vertrouwen, eenzaamheid, schijn
NUGI 222
ISBN 90 6822 769 6 - D/2000/4124/062

# Wie ben ik?

Norah McClintock

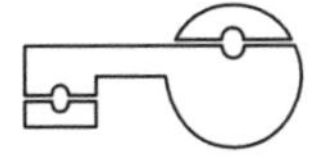

Uitgeverij Clavis, Hasselt

*Wat, per slot, is een leugen?*
*Niets anders dan de waarheid met een masker voor.*

*Lord Byron*

# 1

*Acht mei*

Mitch Dugan frommelde de ochtendkrant tot een hard balletje en mikte het bij het keukenafval.

Terwijl hij naar de eieren reikte, zei hij: "Ben je nou helemaal? Weet je wel wat je je daarmee op de hals haalt?" Hij brak een ei zo nijdig op de rand van het gietijzeren steelpannetje, dat de eierschaal in honderd stukjes barstte, die op het aanrecht en in de pan vielen. "Verdomme," mompelde hij. Hij graaide de vaatdoek onder de spoelbak vandaan om de smurrie op te vegen.

Zanny keek hem ontzet aan. Waar was hij nu zo boos om? "Ik heb toch niks strafbaars gedaan," zei ze. "Het was gewoon een demonstratie."

"Gewoon een demonstratie?" Haar vader brak nog een ei in de steelpan, maar nu voorzichtig. "Weet je aan wie je me doet denken als je dat zegt? Je klinkt net als je vriendin Lily."

Zanny kromp ineen bij het horen van die naam. Ze voelde zich opeens heel verdrietig.

"Zo'n stunt is typisch iets voor Lily. Maar van jou verwacht ik dat je je hersens gebruikt."

"Maar ik heb helemaal niks gedaan," protesteerde Zanny. "Ik ben gewoon opgekomen voor iets waar ik in geloof. Betekent dat dan niks voor jou? Ik wilde iets duidelijk maken. Als iedereen zijn gang maar mag gaan, de aarde zo om zeep mag blijven..."

Haar vader schudde ongeduldig zijn hoofd. "Je luistert niet, Zanny. Je hoort niet wat ik je probeer uit te leggen. Ik vind het prima dat je voor je mening uitkomt. Ik heb er geen probleem mee dat je opkomt voor het milieu. Maar ik heb een heel groot probleem met zulke stunts. Je kunt mensen ook op een andere manier bewust maken. Daar hoef je toch geen demonstraties voor te gaan organiseren, of het verkeer voor stil te leggen, met je foto in de krant voor te komen, verdomme."

"Maar het was een vreedzame demonstratie. En ze was volkomen wettelijk. De politie was er en ze hebben niemand gearresteerd. Ze hebben alleen het verkeer geregeld. Ik heb niemand iets misdaan." Ze had het gevoel dat ze voortdurend op de replayknop drukte. Ze had hem vanochtend alles al tien keer uitgelegd.

Zanny's vader keek haar doordringend aan. Ze wist zeker dat hij weer een tirade zou afsteken. Maar dat deed hij niet. Hij schudde gewoon zijn hoofd, zuchtte en zei: "Ik wil je niet meer in de buurt van protestacties, is dat begrepen? En geen foto's meer in de krant." Hij draaide het vuur onder de pan met eieren uit. "Weet je zeker dat je er geen wilt?"

Zanny trok haar neus op. Haar vader had altijd uitgebreid ontbeten. Als kind had ze met hem meegegeten. Maar de laatste tijd deed de geur van eten zo vroeg in de ochtend haar maag draaien. Een mok thee met suiker en een sneetje toost was alles wat ze op kreeg.

Haar vader liet zich op een stoel ploffen en reikte naar de fles met ketchup. Zanny staarde in haar thee. Ketchup op eieren. Haar hele leven had haar vader ketchup op zijn eieren gedaan en haar hele leven had ze dat niet kunnen aanzien. Het deed haar denken aan vlees en bloed.

"Ik wil dat je het belooft," zei haar vader. "Ik wil dat je me belooft dat het afgelopen is met die demonstraties."

Zanny keek weer in de zwarte diepte van haar thee en in het zwart van haar ogen die erin werden weerspiegeld. Ze had geloofd dat hij veranderd was. Ze had geloofd dat ze nu oud genoeg was om niet meer zo belachelijk behandeld te worden. Maar hij liet haar weer iets beloven, net als vroeger. Toen hij zei: "Afgelopen met die demonstraties," hoorde ze al die beloftes weer, die hij haar door de jaren heen had afgetroggeld: na school mocht ze niet meer met haar vrienden weg als hij niet precies wist waar ze zat, met wie en wanneer ze thuis zou komen; ze mocht niet optrekken met kinderen die haar vader nog niet had ontmoet - ontmoet en op de rooster gelegd als steaks op een barbecue; ze mocht niet praten met vreemden en met vreemden bedoelde hij niet mensen die zij niet kende, maar mensen die hij niet kende. Met dat laatste joeg hij haar zo de gordijnen in, dat ze wel zou kunnen gillen. Trouwens, ze had er al om gegild, meer dan eens: "Ik ken honderden mensen die jij niet kent. Mijn leven is er vol van. Wat ga je doen als ik naar de universiteit ga? Alle studenten ondervragen?"

"Zanny?" zei hij nu. "Beloof het me. Dit is belangrijk."

"Maar waarom? Wat heb ik dan voor verschrikkelijks gedaan?"

"Jij wilde toch naar de universiteit, hè?"

Zanny knikte. Ze popelde zelfs om te gaan. Ze had nog maar één jaar middelbare school te gaan.

"Nou dan," antwoordde hij, "je wilt toch geen aantekeningen op je curriculum die je brandmerken als herrieschopper? De competitie om ergens binnen te komen is tegenwoordig al hard genoeg. En de competitie voor een beurs is zo mogelijk nog harder."

"Maar papa!"

"Geen demonstraties meer, oké?"

Zanny zuchtte. Ze kon wel gaan argumenteren, maar hij zou ook argumenten klaar hebben. En hij zou net zolang doorgaan tot ze murw was, zo ging het altijd. Hij zou blijven doordrammen tot ze uiteindelijk toegaf of gedwongen was tegen hem te liegen. En dat wilde ze liever niet doen, maar soms liet hij haar geen keuze. Ze dacht terug aan een les ethiek bij maatschappijleer, een paar maanden geleden. De meesten van haar klas hadden zich doodverveeld, maar Zanny niet. Ze had aan mijnheer Mercers lippen gehangen, vooral toen hij had uitgelegd wat geestelijk voorbehoud is. Wat een schitterend begrip. Je kon tegen iemand zeggen: "Nee, ik vind je niet stom," zolang je er maar bij dacht: tenminste, niet altijd. Dan kon niemand je van een leugen beschuldigen. Want volgens het principe van het geestelijk voorbehoud lieg je niet, zolang je maar niet tegen jezelf liegt.

"Zanny, heb je me gehoord? Ik wil dat je me belooft dat je uit de buurt van demonstraties blijft."

"Oké, beloofd," zei Zanny. "Geen demonstraties meer." In elk geval niet vandaag, voegde ze er voor zichzelf aan toe.

Haar vader knikte en stak een hap met ketchup doordrenkte eieren in zijn mond.

"Flinke meid." Hij boog zich naar haar toe en kneep in haar hand en opeens voelde ze zich schuldig dat ze had gelogen. Ze voelde zich ook boos, omdat hij haar weer zover had gekregen. Waarom liet hij haar niet gewoon doen wat ze wilde? Waarom was hij zo overbezorgd?

Ze dronk de rest van haar thee op en stond bruusk op. "Ik moet ervandoor," zei ze.

Hij keek verbaasd. "Nu al?"

"Ik heb Sheri beloofd om haar met haar chemie te helpen."

Zanny trok haar jas aan, graaide haar boekentas van de vloer en maakte zich uit de voeten voor haar vader nog iets kon zeggen. Ze voelde zich niet gerust voor ze halverwege de lange oprit was. Toen haalde ze diep adem, keek eens rond en voelde de knoop in haar maag langzaam oplossen. Als haar vader haar weer eens de kast opjoeg met zijn overbezorgdheid, hoefde ze maar naar buiten te lopen en het panorama in zich op te nemen. Dat kalmeerde haar altijd.

*Vijftien mei*

Chuck Benson spoelde het laatste restje donut met suiker weg met een slok koffie met een dubbele portie melk en suiker van de Donut King. Hij veegde de pareltjes suiker van zijn lippen en pakte een regionale krant van de stapel. Kranten uit de stad lagen er niet tussen - om die te krijgen moest je heel wat dienstjaren bij de inlichtingendienst hebben - dit waren weekbladen of zelfs tweewekelijkse bladen uit dorpjes waar je nog nooit van had gehoord als je er niet woonde of er familie had. Chuck had niet veel dienstjaren, nog niet. En hij was niet van plan om die jaren bij elkaar te sprokkelen in de kelder van de afdeling kranten en tijdschriften van de informatieverwerking van de inlichtingendienst van het politiebureau.

Chuck Benson werkte zich door zijn stapel regionale kranten met werktuiglijke precisie. Hij wist wat hij moest lezen - elk nieuwsitem met namen erin - en wat hij moest overslaan - politiek, lifestyle-artikels (behalve de faits-divers), opiniestukken, hoofdartikels. Hij wist waarnaar hij moest kijken - foto's, vooral - en naar wat niet - advertenties, cartoons, kruiswoordraadsels. Hij slaagde erin om zich een derde sneller door een krant te werken dan om het even wie op de afdeling. Maar Chuck was dan ook veel ambitieuzer dan om het even wie. Chuck Benson zou ze eens laten zien wat hij waard was. Tenminste, dat was de bedoeling.

Hij was in de kranten- en tijdschriftenafdeling terechtgekomen met het idee dat ze hem na een maand wel zouden promoveren. Vijftien maanden later ploegde hij zich nog steeds elke dag een weg door de metershoge stapel regionale flutkrantjes. Maar de laatste tijd waren er dagen geweest dat hij, terwijl hij rond half elf op zijn donut kauwde en zijn koffie met een dubbele portie melk en suiker van de Donut King opslurpte, zich afvroeg: wie hou ik hier eigenlijk voor de gek? Als het zo blijft gaan, kom ik hier nooit meer weg. Straks zit mijn stoel onder het spinrag en ben ik helemaal grijs, zit ik hier tot aan mijn pensioen.

Hij doorzocht bladzijde een van een weekblad uit het noorden van New York, sloeg om naar bladzijde twee, gleed met zijn vinger over de columns en sloeg alles over wat geen naam was. Zijn vinger stopte bij een foto van een groepje jongeren met spandoeken. Hij schudde zijn hoofd. Amerika was nu zo'n fantastisch land en toch waren er altijd jongeren die ergens tegen protesteerden. Deze keer waren de verpakkingen die een lokale hamburgertent gebruikten het doelwit. *Red ons milieu*, stond er op de spandoeken. *Red planeet aarde. Nee tegen afval.*

En toen trok een van de gezichten op de foto Chucks aandacht. Hij keek ernaar, maar zette ze weer uit zijn hoofd. Het kon niet waar zijn. Het was toch ondenkbaar dat hij de sleutel van zijn succes zou vinden in zo'n dom flutblaadje? Dat was toch onmogelijk.

Hij keek opnieuw naar de foto en bestudeerde het gezicht van het meisje. Ze was jong, misschien vijftien of zestien, net de juiste leeftijd, wist hij. Haar haren leken licht op de zwart-witfoto; ze was vast een blondje, geen brunette. Maar haar haren buiten beschouwing gelaten, want daar kon je vandaag de dag niet meer op afgaan, deed alles een belletje rinkelen. De grote ogen, de mooi gevormde neus, de gulle mond met een misnoegde trek erom op deze foto, de jukbeenderen. Behalve die ene keer had hij nog nooit zulke jukbeenderen gezien.

Chuck liet zijn stoel rondzwaaien naar het computerscherm en tikte zijn identificatienummer en paswoord in. Met de muis gleed hij over de files op het scherm, vond de MPCGAU-file en tikte zijn toegangscode in, een tweede identificatienummer en nog twee paswoorden.

Het voelde raar om de foto's op het scherm te zien. De eerste keer dat Chuck deze file had gezien, had hij sceptisch gekeken naar Ed Nolan, die hem had opgeleid. "Dit kunnen ze niet menen," had hij gezegd. "Hoe kan een computer nu een foto van een tienjarige omzetten in diezelfde persoon als hij vijfentwintig jaar ouder is?" Dat was wat de 'Missing Persons Computer-Graphics-Assisted Update file of de MPCGAU-file deed. "Hoe kun je nu weten of het werkt? Hoe weet je of wat de computer doet, klopt?"

"Ik heb het gecheckt," had Nolan geantwoord. "De computer

neemt de beenderstructuur, voegt daar het genetische materiaal en de wetten van de kansberekening bij. Neem het van mij aan. Het werkt."

Maar Chuck had het niet geloofd. Tot twee dagen later, toen Ed Nolan hem een foto gaf. "Dit ben ik als kind," zei hij. "Mijn vader heeft deze foto gemaakt toen ik acht was." Toen gaf hij Chuck een blad papier waar een computertekening op stond. "Dit is de foto waar de computer mee op de proppen kwam, toen we er die foto van mij als kind hadden ingestopt."

Chuck staarde naar het verbluffende evenbeeld van Ed dat de computer had geproduceerd. Sinds die dag geloofde hij er rotsvast in. Maar toch bleef het vreemd dat een computer de foto van een kind kon transformeren in een volwassene van om het even welke leeftijd. Het was zoiets als de toekomst voorspellen.

Hij doorzocht de file en lette niet op de icoontjes aan de rechterbovenkant van het scherm. Daarachter zaten de gedigitaliseerde versies van originele foto's van kinderen, de 'voors'. Maar hij concentreerde zich op de 'na's' - de foto's die de computer had gemaakt van hoe ze er nu uit zouden zien, als ze nog leefden. Hij klikte op tientallen 'voors' en 'na's' tot hij de foto vond die hij zocht. Toen nam hij de krant erbij en keek naar het meisje op de demonstratiefoto. Hij staarde ernaar, toen naar het 'na'-beeld op het computerscherm. Nou, als zij het niet was, was het haar tweelingzus; anders was het onmogelijk dat twee mensen zo op elkaar konden lijken. Wat betekende dat er een grote kans was dat hij net een promotie had verdiend, want hij had gedaan wat niemand was gelukt: hij had de dochter van Mike Alexander gevonden. En waar de dochter van Mike Alexander was, daar zou Mike Alexander ook wel zijn.

✣✣✣

Rechercheur Hank Wiley leunde achterover in zijn stoel en

draaide zijn hoofd van de ene kant naar de andere om de spanning die zich het voorbije uur in zijn nek had vastgezet, te verlichten. Hij haatte papierwerk. Hij had het altijd gehaat. Maar nu was het geen papierwerk meer. Hij kreeg nauwelijks nog een blad papier te zien. Nu gebeurde alles op de computer.

Maar het kwam op hetzelfde neer. Een formulier was een formulier, of het nu op een blad papier was of afgebeeld stond op een scherm. Formulieren waren er om ingevuld te worden. En de jongens in de chique bureaus boven kickten op formulieren. Wiley trok een zuur gezicht.

Hiervoor was hij niet bij de politie gegaan. Hij wilde leven in de brouwerij, geen scheepslading formulieren om in te vullen.

Hij strekte een van zijn gespierde armen uit en keek naar het horloge rond zijn pols. Bijna zes uur.

De telefoon aan zijn elleboog rinkelde. Verdomme, dacht Wiley. Nog een paar minuten en ik was hier weggeweest. Wie belt er nou op een vrijdagavond om vijf voor zes, nee, om twee voor zes? Hij nam de hoorn van de haak.

"Wiley."

"Rechercheur Wiley? Benson hier. Chuck Benson. Van K en T."

"K en wat?" Wiley had geen idee waar die kerel het over had en op vijf minuten van zijn weekend, kon het hem ook geen ene moer schelen. "Hoor es, Benton," begon hij.

"Benson," verbeterde de stem aan de andere kant van de lijn hem.

"Maakt niet uit. Hoor es, vriend, ik sta op het punt om te vertrekken. Als ik je nou maandag eens een belletje geef, hè? Wat je me te vertellen hebt, zal best kunnen wachten tot maandag."

"Nou, als u het zegt," zei Benson. Hij klonk moedeloos. "Maar bovenaan de file staat: 'Onmiddellijk contact opnemen', dus veronderstelde ik..."

Wiley spitste zijn oren. Onmiddellijk contact opnemen. Dat

stond alleen boven files met topprioriteit. Wat Benson had ontdekt, was geen routine. Het zou zelfs wel interessant kunnen zijn.

"Waar zei je dat je vandaan belde, Benson?"

"K en T. Kranten en Tijdschriften. Van de inlichtingendienst. Het gaat over een MPCGAU-file."

"Een MP-file?" Wiley boog zich naar zijn computer. "Over welke file hebben we het hier, Benson?"

Benson gaf het filenummer op en Wiley tikte het in. Hij keek naar het gedigitaliseerde fotootje in de bovenhoek. Toen sprongen zijn ogen naar de onderkant van het scherm: Melissa Alexander. Dan de 'vermist sinds'-datum. Hij schudde zijn hoofd. Het was waar wat ze zeiden; dagen waren lang, maar jaren vlogen voorbij. Was het echt al dertien jaar geleden? Hij staarde naar de grotere foto op het scherm, de foto van Melissa zoals ze er nu uit zou zien.

"Wat is er met dat meisje, Benson?" zei hij in de hoorn. "Je gaat me toch niet vertellen dat je haar hebt gevonden?"

Er was een korte stilte aan de andere kant van de lijn. Toen antwoordde Chuck Benson, niet langer moedeloos: "Toch wel, mijnheer."

Plotseling vergat Hank Wiley al het papierwerk en zijn plannen voor het weekend. Hij vergat dat hij moe was. Plotseling voelde Hank Wiley zich vol energie, alsof hij de gelukkigste man van de wereld was, met de beste baan van de wereld, allemaal omdat een of andere onderbetaalde mol in de catacomben van de inlichtingendienst op de dochter van Mike Alexander was gestuit.

✣ ✣ ✣

Everett Lloyd droogde zijn roestbruine haar af, depte wat aftershave op zijn wangen, opende de badkamerdeur en kreeg bijna een hartaanval. Zijn dochter Trish, zoon Rob en vrouw Margaret stoven alledrie op hem af en riepen: "Verrassing!"

"Gefeliciteerd, papa!" zei Rob en hij gooide een doos naar

Everett. De zesjarige Trish stond te huppelen.

"Maak nou open, papa," smeekte ze. "Je raadt nooit wat er in de doos zit! Maak nou open!"

Maar Everett Lloyd kon meteen raden wat erin zat, van het ogenblik dat Rob ze hem had gegeven. Hij zag het aan de grootte van de doos, aan de vorm en het gewicht. Het was een wagonnetje voor zijn antieke treinstel. Sinds ze getrouwd waren, nu tien jaar geleden, had Margaret elk jaar een onderdeel gekocht voor hem. En altijd was Trish nog blijer met het cadeautje dan hijzelf. Everett had het spelletje altijd meegespeeld om haar niet teleur te stellen.

"Es kijken," zei hij en hij hief het kleurig verpakte pak op, "wat zou dat nu kunnen zijn?" Hij hield de doos omhoog en schudde ermee. "Voorzichtig, papa," gilde Trish. "Zo breek je het nog."

Everett trok een wenkbrauw op. "Oh? Is het iets breekbaars?"

"Kom nou, papa," zei Rob. "Je weet best wat het is." Rob was al negen, een man van de wereld.

"Nietes!" schreeuwde Trish. "En niet verklappen, hoor."

Everett schudde nog wat harder met de doos. Toen legde hij het pakje op het haltafeltje en maakte het open. De wangen van Trish gloeiden van opwinding.

"Het is zo mooi, papa. Je zult het prachtig vinden. Echt waar."

Everett nam het deksel van de doos en haalde er een prop krantenpapier uit die de inhoud had beschermd. Zijn adem stokte toen hij het laatste stukje krant wegnam. Dit jaar was hij echt verbaasd. Dit jaar had Margaret zichzelf overtroffen.

In opperste verbazing haalde hij het zwartglanzende locomotiefje uit zijn doos. Zulke modellen had hij alleen nog maar in bladen gezien. Ze waren meer dan honderd jaar oud en al even duur als zeldzaam.

"Waar heb je die gevonden?" vroeg hij terwijl hij de locomotief in zijn handen om en om draaide.

“Ik heb hem niet gevonden,” zei Margaret. “Bedank Louise maar.” Louise Rafferty, de beste vriendin van Margaret, was antiquair. “Ze zag hem staan in een winkeltje in het noorden van New York, toen ze daar vorige maand op inkoopreis was. Ze vertelde me erover en heeft alles geregeld om het naar hier te verzenden. Ik was bang dat het niet op tijd zou aankomen voor je verjaardag.”

Everett nam haar in zijn armen en zwierde haar in het rond. Toen kuste hij Trish, die een gilletje van plezier gaf. Tegen Rob zei hij: “Help jij me even opruimen? Ik moet naar mijn werk.”

Rob knikte. Samen raapten ze alle stukjes krantenpapier op en propten ze in de vuilnismand. Toen trok er iets Everetts aandacht. Een gezicht. Een gezicht op een foto van een groep demonstranten. Hij streek de plooien van de krant glad en bekeek de foto nog eens.

“Papa?”

“Hmm?” Hij kon zijn ogen niet van dat gezicht afhouden. Hij was in de ban van die ogen. En van die jukbeenderen. Hij had nog maar één andere persoon gezien met zulke jukbeenderen.

“Hé papa, alles goed?” vroeg Rob. “Je kijkt of je net een spook hebt gezien.”

Everett dwong zich te glimlachen en warrelde door de haren van zijn zoon. “Ja, hoor, prima. Maar ik kom te laat, Rob. Ik moet naar kantoor. Zou je me een plezier willen doen en dit eventjes verder opruimen, jongen?”

Rob knikte.

Toen Everett Lloyd het huis verliet, zat de krant zorgvuldig opgevouwen in zijn zak.

✣ ✣ ✣

Voor ze naar Birks Falls waren verhuisd, hadden Zanny en haar vader op minstens tien plaatsen gewoond die Zanny zich nog kon herinneren en misschien nog wel meer waar ze niks meer van wist. Meestal in grote steden: Newark, Detroit, Cincinatti, Phoenix, Dallas. Maar het liefste van alles woonde ze in Birks Falls.

Ze hield zo van het kleinschalige hier. Er waren maar twee grote werkgevers: een groenteconservenfabriek en een regionaal gezondheidscentrum. Haar vader was verpleger in dat centrum.

Ze hield ook van de groene omgeving, dat ze op een vroege lenteochtend als deze de lichtjes dalende oprit kon afwandelen met het gras om haar heen, haar voeten op het grint en tot haar enkels in de ochtendnevel. Hier kon je heel ver kijken, over het wuivende grasveld naar de twinkelende lichtjes in de keuken van mevrouw Finster een paar honderd meter verder en in de andere richting naar de twinkelende lichtjes in de slaapkamer van mijnheer Taylor, zo'n honderd meter de andere kant op. En als je echt goed keek en de nevel dun genoeg was, zag je in de verte ook de lichtjes van de stad. Hier merkte je niks van de drukte van de ochtendspits die haar in Newark al bij de keel had gegrepen voor ze goed en wel uit bed was. Hier geen venijnige rook, zoals in Detroit. Terwijl ze de oprit in Birks Falls afslenterde, hoorde ze het gezang van de gaai en het roodborstje en vulde ze haar longen met de zoete geur van klaver en bedauwd gras. Van alle plaatsen waar ze had gewoond, was geen enkele zo mooi geweest als hier.

Toen Zanny deze plek voor het eerst had gezien, had ze gebeden dat ze nooit meer zouden verhuizen. Voor één keer werden haar gebeden verhoord. Het leek haar vader wel te bevallen in Birks Falls. Het feit dat ze hier al langer dan een jaar woonden, was het bewijs. En hij was nog wel overbezorgd, maar het ging steeds beter. Zanny had de indruk dat haar vader eindelijk een beetje tot rust kwam. Zelfs zijn scène van vorige week over die foto in de krant was een peulenschil in vergelijking met de crisis die ze samen hadden doorworsteld. Ze geloofde er rotsvast in: de vredige rust die dit plaatsje uitstraalde, was een zegen voor hen allebei. Haar vader had een baan gevonden die hij leuk vond, ook al kon ze er absoluut niet bij dat je het leuk kon vinden om verpleger te zijn en de hele dag zieke mensen in bad te stoppen, po's rond te dragen en rolstoelen te duwen.

Zanny had zelfs vrienden gemaakt in Birks Falls. Nou, één vriend. Haar eerste echte beste vriend. De betovering van de prachtige ochtend vervaagde toen ze aan Lily dacht. Het leek allemaal zo ironisch. Zolang Zanny zich kon herinneren, was ze rondgetrokken met haar vader; ze was altijd de nieuweling in de klas geweest; zij was altijd degene geweest die in de zoveelste nieuwe klas met weer allemaal vreemde gezichten het gangpad af moest lopen naar de zoveelste nieuwe lessenaar en nieuwe buur. Maar ongeveer een week nadat Zanny was begonnen op de school van Birks Falls, was Lily gekomen. Ze marcheerde die dag de klas binnen of ze nooit iets anders had gedaan. Als ze nerveus was, was daar in elk geval niks van te merken op haar open ronde gezicht. Lily beantwoordde elke nieuwsgierige blik met een brede zelfverzekerde grijns. Zanny was zo onder de indruk geweest van haar branie, dat ze onwillekeurig terug had gegrijnsd en meer aanmoediging had Lily niet nodig gehad. Meteen na de les liep Lily op Zanny af en stelde ze voor om hun boterhammen samen op te eten. Zo aten ze elke dag samen, tot het tot Zanny doordrong: ik heb een vriendin. Voor de eerste keer in mijn leven heb ik iemand die ik in vertrouwen kan nemen, iemand die mij in vertrouwen neemt. Diezelfde dag nog begon Zanny te bidden dat haar vader niet thuis zou komen en zou aankondigen dat hij zijn baan had opgezegd, dat hij niet weer hun koffers zou gaan pakken.

Het was nooit bij haar opgekomen dat Lily's vader op een dag zijn koffers zou kunnen pakken, dat Lily ook kon verhuizen. En zo ver weg: niet naar een andere stad, maar naar een ander land. Lily's vader was ingenieur en hij had een baan van twee jaar in Duitsland aanvaard. Voor Lily was vertrokken, hadden zij en Zanny beslist welke studies ze wilden doen. Ze hadden elkaar beloofd dat ze samen op kamers zouden gaan. Ze schreven elkaar minstens twee keer per maand. Maar het was niet meer hetzelfde. Terwijl ze de weg afslenterde, richting stad en school, vroeg Zanny zich af of ze nog ooit een vriendin als Lily zou vinden.

## 2

*Twintig mei*

Zanny ving vanuit haar ooghoeken een glimp op van de jongen. Haar hart bonsde in haar keel en haar polsslag ging als gek tekeer. Er was helemaal niemand in de lange gang, alleen hij en zij. En hij stond vlak bij de uitgang. Om het gebouw te verlaten, zou ze langs hem heen moeten. Haar knieën werden helemaal week bij de gedachte. Ze kon het niet. Ze zou het besterven. Haar hart zou knappen en ze zou als een steen neerstorten op de koude, harde vloer.

Ze reikte naar haar boekentas en zwaaide hem over haar schouder. Toen dwong ze zichzelf kalm te worden, deed het deurtje van haar kastje dicht en sloot het. Ze legde de riem van haar boekentas goed, haalde diep adem, hield haar hoofd recht en draaide zich om.

Hij was weg.

Ze kon het niet geloven. Net stond hij daar nog en nu was hij verdwenen. Langzaam werd haar hartslag weer normaal. Met afhangende schouders sjokte ze de gang uit. Het was haar eigen schuld, dacht ze. Ze had een gouden kans gekregen, maar in plaats van die kans te grijpen, had ze domweg gedaan of ze ze niet zag liggen. Wat zei mijnheer Atkins ook weer altijd? "Hij die twijfelt, dames en heren, is verloren." Of in dit geval, heeft verloren.

Zanny zuchtte en liep de warme middag in. Niet te geloven,

nu had ze de kans gehad om recht op de nieuwe jongen af te lopen zonder de anderen erbij en met hem te praten, iets wat ze zichzelf nu al drie dagen dag en nacht had zien doen, vanaf het moment dat hij was binnengelopen in de les algebra. En in plaats van die kans te grijpen, was ze in paniek geraakt.

Hij die twijfelt, dames en heren, is verloren.

Ze liep langs de school op, vloekend op zichzelf en botste bijna tegen iemand aan. Het was de jongen.

"Het... het..." stotterde ze. Ze bloosde helemaal. "Het spijt me."

Hij glimlachte. Zijn ogen waren van het diepste, rijkste bruin dat ze ooit had gezien, zoals chocolade. Zijn haar paste er perfect bij. Het was dik en glanzend en viel vanaf zijn brede voorhoofd naar achteren. Zijn mond was breed en gul, zijn tanden hagelwit.

"Nee," zei hij, "het spijt mij. Ik wilde je niet aan het schrikken maken."

"G.. geeft niet." Zanny schaamde zich rot. Ze had nog nooit gestotterd, zelfs niet toen ze voor een heel restaurant de manager van de Burger Shack de les had gelezen. En nu stond ze hier te stotteren als een zielig kind dat haar tong had ingeslikt. "Het... het was een ongelukje."

Opeens keek hij wat schaapachtig. "Ik weet niet of ik het een ongelukje zou noemen," kwam hij haar tegemoet. "Om eerlijk te zijn, stond ik je op te wachten."

Haar hartslag versnelde. "Echt waar?"

Hij knikte. "Ik hou je al een paar dagen in de gaten."

Zanny kon haar oren niet geloven. De jongen waar Sheri de hele week over had lopen kwijlen, had naar haar, Zanny Dugan, zitten kijken.

"Ik ben nieuw hier," zei hij.

Dat wist ze. Dat wisten alle meisjes op school.

"Ik ben Nick. Nick..."

"Mulaney," zei ze. "Ik weet het." Hij keek zo verbaasd dat ervan bloosde. "Ik ben Zanny..."

"Dugan," ging hij verder en hij glimlachte. "Mooie naam, Zanny. Ongewoon. Is het de afkorting van iets?"

"Alexandra."

"Mooi." Hij glimlachte weer en ze besefte dat zijn chocoladebruine ogen de hare volledig in de ban hielden. "Kijk, Zanny, ik hoop dat je me niet opdringerig vindt. Ik bedoel, je kent me nauwelijks. Je weet helemaal niks van me af, behalve mijn naam en dat ik achter je zit in de les algebra. Maar ik vroeg me af... lijkt het je wat om eens samen te lunchen of zo?"

Ze staarde hem verbluft aan.

"We kunnen afspreken in de cafetaria," voegde hij er snel aan toe. "Dan kun je je nog van me afmaken als blijkt dat je me een klier vindt. Wat denk je? Ik zou je echt beter willen leren kennen." Hij grinnikte. "En ik kan wel wat hulp gebruiken met mijn algebra."

Elk woord dat Nick had gesproken echode, alsof het van heel ver kwam. Zanny kon nog steeds niet geloven dat dit echt gebeurde. Hij kon kiezen uit meer dan driehonderd meisjes - nou, misschien de helft als je de laatstejaars niet meerekende - en toch was zij om de een of andere reden degene met wie hij wilde lunchen.

"Je hoeft niet meteen te antwoorden," ging hij verder. "Weet je wat, ik zal morgen in de lunchpauze in de cafetaria zitten..." Zijn gezicht betrok. "Jij luncht toch op school, hè?"

Zanny knikte.

"Oké. Ik zal er zijn. Denk er eens over na. Als je wilt, kom je bij me zitten. Als je niet wilt..." Hij haalde zijn schouders op.

"Laten we zeggen dat ik hoop dat je het wel doet." Nog voor ze weer adem kon halen om te antwoorden, keek Nick op zijn horloge. "Hé, ik moet ervandoor. Mijn pa gaat door het lint als ik de garage niet heb opgeruimd voor het avondeten." Hij grinnikte. "Toffe vent, mijn ouweheer. Maar heel streng."

Zanny glimlachte zuur. "Hij lijkt blijkbaar op mijn vader."

"Nou, tot morgen dan maar. Hoop ik."

"Ja," zei Zanny tegen zichzelf terwijl ze hem nakeek toen hij wegwandelde. "Hoop ik ook."

✣✣✣

De eerste paar straten liep Zanny op wolkjes. Nick Mulaney was haar al opgevallen vanaf de eerste dag dat hij op school kwam. Hij was alle meisjes opgevallen, haarzelf en Sheri en Michelle en Anna. Het Zwemkwartet. Sheri, Michelle en Anna waren Zanny's beste vrienden nu Lily weg was, maar eerlijk gezegd waren ze niet zo dik met elkaar. Met hen klikte het niet zoals het met Lily had geklikt. Ze kon hen niet in vertrouwen nemen zoals ze Lily in vertrouwen had genomen en ze wist dat ze geheimen met elkaar deelden die ze voor haar verborgen hielden. Dat verbaasde haar niks. Die drie hadden veel meer gemeen met elkaar dan met haar. Ze hadden alledrie hun hele leven in Birks Falls gewoond. Hun ouders kenden elkaar allemaal. En ze waren alledrie bij het beroemde zwemteam van Birks Falls. Ze brachten tien uur samen door in het zwembad om te repeteren voor de plaatselijke en landelijke competitie. Maar toch, ze nodigden Zanny uit aan hun lunchtafel en zelfs al waren ze geen hartsvriendinnen als Lily, toch maakten ze plezier samen en roddelden ze heerlijk over jongens. En de laatste tijd was Nick Mulaney het grote gespreksonderwerp geweest.

"Wat een stuk," had Sheri die eerste dag gejubeld. Ze beet op de nagel van haar pink terwijl ze hem zat aan te staren.

"Hij zal wel een vriendinnetje hebben," zuchtte Michelle.

"Maar hij is net verhuisd," zei Sheri. "Darlene heeft me verteld..."

"Heeft je verteld?" zei Zanny.

Sheri haalde haar schouders op. "Oké, ik heb het gevraagd." Darlene was een van de administratieve medewerkers op het secretariaat van de school. "Ze zei dat hij uit Chicago komt. Zelfs als hij een vriendinnetje heeft, zit ze aan de andere kant van het land. En wij, dames, zitten hier. Wat betekent dat wij thuisvoordeel hebben. Dus opzij allemaal, want Sheri gaat haar slag slaan. Ik strik hem en hou hem in mijn netten tot het schoolbal."

Anna trok een donzige kastanjebruine wenkbrauw op. "Zal best," beet ze terug. "Maar misschien snoept iemand hem gewoon van je af."

Michelle kreunde. "Daar gaan we weer. De beruchte Chastell-Arthurs-vete. Hij ziet er best leuk uit en ik heb medelijden met hem. Hij weet niet wat hem te wachten staat."

Zanny had gelachen. Ze had zich ook afgevraagd waarom jongens er altijd intuinden. Die twee brachten hen altijd zo van hun stuk dat ze niet meer naar andere meisjes konden kijken.

En Sheri en Anna waren er echt helemaal voor gegaan, deze keer. Precies vierentwintig uur nadat ze hun prooi voor het eerst hadden gezien, waren ze niet meer van hem weg te slaan. En nu vond Zanny het best grappig en heel vleiend dat de prooi deze keer niet was gezwicht voor een van de twee gewiekste jagers. Ze zouden groen van jaloezie zijn als ze hoorden dat Zanny morgen met Nick Mulaney aan tafel zou zitten. En wie weet, misschien zou zij hem wel in haar netten kunnen houden tot aan het bal.

Maar toen begon Zanny te twijfelen. Opeens liep ze niet meer op wolkjes. Opeens stond ze weer met haar twee voeten op de harde saaie grond. Tuurlijk zou ze naar het bal gaan met Nick - als hij haar vroeg tenminste en als ze mocht van haar vader, wat nog minder waarschijnlijk was. Haar vader zou eisen dat Nick niet drie dagen, maar drie maanden geleden hierheen was verhuisd, zodat hij hem al grondig had kunnen inspecteren, hem al miljoenen vragen had kunnen stellen. Het kruisverhoor waar hij haar vriendinnen aan onderwierp, was bijna pervers. "Ik pak het gewoon slim aan," zei hij steeds als ze daarover kloeg. "Je kunt tegenwoordig niet voorzichtig genoeg zijn."

Nou, het had geen zin om daar nu over te piekeren. Bekijk het positief, hield Zanny zichzelf voor, misschien komt Nick erachter dat je toch niet zijn type bent, dan is het probleem van het bal meteen opgelost. Maar als hij wel met haar naar het bal wilde, nou, dan was ze vastbesloten om deze keer niet toe te geven. Ze was geen kind meer. Ze was zestien. En ze had even veel mensenkennis als haar vader. Ze kon haar eigen beslissingen nemen. Dat zou ze hem zeggen. "Over een jaar ga ik naar de universiteit, papa. Dan moet ik ook mijn eigen beslissingen nemen. Hoe kan ik dat ooit leren als je me niet laat oefenen? Trouwens, papa, we hebben het hier over een schoolbal. Wat kan er nou voor ergs gebeuren?" Dat Nick me laat zitten, waarschijnlijk. Of dat hij me helemaal niet vraagt.

✣ ✣ ✣

Zanny zag de zwaailichten al van aan de voet van de heuvel. Een ziekenwagen, twee politieauto's en nog een andere auto, die er behalve de rode lichten op het dak gewoon uitzag, stonden samengetroept op haar oprit. Maar dat betekende niets. Ze waren daar vast voor een van de buren: die oude mijnheer Taylor die, behalve zijn zes katten en een schoonzoon die hem om de twee zondagen kwam opzoeken, niemand had, of mevrouw Finster, een weduwe met drie grote kinderen: een tandarts, een professor en een rabbi. Misschien had mijnheer Taylor een hartaanval gekregen. Misschien was mevrouw Finster van de trappen gevallen. Zanny versnelde haar pas en hield zichzelf voor dat er onmogelijk iets bij haar thuis kon zijn gebeurd waar een ziekenwagen en twee politieauto's aan te pas moesten komen, maar ze wilde het zeker weten.

Maar toen ze dichterbij was gekomen, bleef ze plotseling staan. Al die auto's stonden wel degelijk voor haar huis. Er was thuis iets gebeurd. Iets ergs. Zanny begon te rennen.

Het portaal was afgezet met politielint en het lint omspande de zijkant en achterkant van het huis. Aan de oostkant van het huis bestudeerden twee politieagenten de grond onder het keukenraam.

Zanny stond met een been over het lint toen een stem naar haar bulderde. "Hé, jij daar, waar denk je dat je heengaat?" Zanny aarzelde, maar niet voor lang. Dit was haar huis. Ze zwaaide haar andere been over het gele lint en liep de treden naar de voordeur op.

"Hé!" schreeuwde de stem achter haar. "Stop of ik arresteer je voor het belemmeren van een politieonderzoek."

Zanny stopte, maar niet omdat die stem het haar beval. Ze stopte omdat ze oog in navel stond met een potige agent in burger.

"Ho daar, jongedame," zei hij. "Wat moet dat?"

"Ik woon hier," antwoordde Zanny. "Dit is mijn huis." Toen bedacht ze opeens iets. "Waar is mijn vader? Hebt u mijn vader al gebeld? Is hij al thuis van zijn werk?"

"Hoe heet jij?" vroeg de grote agent. Nu klonk zijn stem vriendelijk, er was geen spoor van ergernis meer in.

Zanny vertelde het hem.

"Ik ben inspecteur Jenkins," zei hij. "Kom je net van school?"

Zanny knikte. "Wat is er gebeurd? Heeft er iemand ingebroken?"

"Daar proberen we achter te komen." Inspecteur Jenkins zette een stap opzij om haar binnen te laten.

Het kleine huis zat stampvol mensen. In het gat van de keukendeur stond een agent te telefoneren. Twee andere hadden zich verschanst in de hal en stonden te fluisteren. Er ging een flits af. Zanny gluurde de woonkamer in en zag een fotograaf met een politiebadge foto's nemen.

"Hé, Jenkins!" riep de man aan de telefoon. "De commandant wil je spreken."

Inspecteur Jenkins knikte. "Luister, Zanny," zei hij, "ik wil dat je iets voor me doet, oké?"

Zanny knikte. Waarom keek hij haar zo vreemd aan? Waarom staarde hij dwars door haar heen?

"Ik wil dat je hier blijft staan," ging inspecteur Jenkins verder. "Blijf hier gewoon staan en verroer geen vin voor ik terugkom. Ik ben zo terug. Zou je dat voor me willen doen, Zanny?"

De aandrang in zijn stem bracht haar van haar stuk, de kinderachtige verwoording van zijn verzoek ergerde haar, maar ze knikte.

"Goed," zei hij. "Flinke meid." Toen hij naar de telefoon liep, keek Zanny toe hoe de mannen in het huis samendromden in de hal, de woonkamer, de keuken. Ze keek naar de klok op het haltafeltje. Bijna vijf uur. Ze vroeg zich weer af waar haar vader was en of de politie hem had gebeld.

De politiefotograaf kwam de woonkamer uit en stak een filmrolletje in zijn cameratas. Een andere man, helemaal in het wit, duwde zich af tegen de muur waar hij tegen had staan leunen.

"Zijn jullie daar klaar?" vroeg hij aan de fotograaf. "Mogen we het nu meenemen?"

Wit hemd. Witte broek. Witte schoenen. Hij hoorde bij de ziekenwagen. Een ziekenwagen betekende dat er iemand gewond was. De inbreker, misschien? Maar hoe? Was hij betrapt door de politie? Mevrouw Finster was de ogen en oren van de buurt. Zij was op de hoogte van alles wat er gebeurde en aarzelde nooit om in te grijpen als ze dacht dat het nodig was, meestal dus. Misschien had mevrouw Finster iemand zien inbreken en had ze de politie gewaarschuwd en was die gekomen en had ze de inbreker op heterdaad betrapt. Misschien waren er schoten gevallen en was de inbreker gewond geraakt. Misschien was er een agent gewond.

Zanny was nu zo nieuwsgierig geworden naar wie er gewond was en hoe erg, dat ze zich niet meer kon inhouden en een paar stappen naar voren deed, naar de woonkamer.

Het leek wel of ze de set van een detectiveserie binnenliep. Er lag een man op de vloer met zijn gezicht naar beneden en zijn contouren waren met krijt op de grond nagetrokken. Dat betekende dat hij niet gewoon gewond was. Hij was dood.

Zanny's knieën werden week. Er lag een dode man op de vloer van haar woonkamer en er sijpelde bloed uit zijn wond op het zandkleurige tapijt. Toen draaide de ambulancier het lijk om. Zanny's hoofd tolde. Haar maag keerde. Het was geen inbreker die daar dood op de woonkamervloer lag. Het was haar vader.

"Nee," gilde Zanny. "NEE!"

## 3

De volgende ochtend zat Zanny op een bruine tweed sofa in de woonkamer van mevrouw Finster. Ze klemde haar handen rond een mok thee waar veel te veel suiker en veel te veel melk in zat en die ze eigenlijk niet wilde. Ze voelde zich verdoofd en kon maar aan één ding denken: haar vader was dood. Het was nog niet tot haar doorgedrongen wat dat betekende. Ze wist dat hij naar het mortuarium van het ziekenhuis was gebracht - ze had zijn lichaam in de ziekenwagen zien laden - maar ze kon nog steeds niet geloven dat hij voorgoed weg was. Ze wist dat haar huis nu leeg stond, maar ze kon het niet bevatten dat het nooit meer gevuld zou zijn door haar vaders aanwezigheid. De kop thee werd koud in haar handen.

In de keuken van mevrouw Finster stonden inspecteur Jenkins en mevrouw Finster met gedempte stem met elkaar te praten.

"Depressief?" zei mevrouw Finster. "Voor zover ik weet niet. Maar dat betekent niet dat hij het niet was. Mitch Dugan was geen prater. Ook niet erg sociaal, trouwens. Hij was nogal een eenling. Ik weet niet meer hoeveel keer ik hem heb uitgenodigd om stamppot te komen eten - ik ben beroemd om mijn stamppot, moet u weten - maar hij heeft mijn aanbod telkens afgeslagen. Bent u getrouwd, inspecteur?"

"Ja," zei Jenkins. "Mevrouw Finster, wanneer hebt u Mitch Dugan voor het laatst gesproken?"

"Nou, dat weet ik niet zeker," zei mevrouw Finster peinzend. "Dat moet een paar dagen geleden zijn geweest. Donderdag, denk ik. Ja, dat was het. Ik kwam net terug van de stad toen ik hem tegenkwam. Hij was op weg naar zijn werk. Hij was hulpverpleger in het gezondheidscentrum, weet u. Hij had soms middagdienst."

"Hebt u toen met hem gepraat?"

"Ik zei goeiedag. Ik zeg altijd goeiedag als ik een buur zie. Hij zei ook goeiedag."

"Hoe kwam hij over?"

"Kwam hij over?"

"Leek hij goedgehumeurd?"

"Goedgehumeurd?" Mevrouw Finster klonk verwonderd. Er viel een stilte. Uiteindelijk zei ze: "Nou, dat zou ik eigenlijk niet weten. Waar stuurt u op aan, inspecteur?"

Zanny wist precies waar hij op aanstuurde. Ze begreep wat hij mevrouw Finster wilde laten zeggen. Ze voelde woede in zich opkomen. Ze zette de kop thee ruw op de tafel en stond op. Ze had de keuken bereikt voor mevrouw Finster nog iets had kunnen zeggen.

"U hebt het mis," zei ze. "Zo is het niet gebeurd. Zo was mijn vader niet."

Inspecteur Jenkins keek haar aan met zijn koude grijze ogen. "Zanny..." begon hij.

Mevrouw Finster fronste haar wenkbrauwen. "Ik ben bang dat ik niet..." Toen blonk het besef in haar ogen. "Oh," zei ze. "Oh, u denkt..."

"Mijn vader heeft geen zelfmoord gepleegd," drong Zanny

aan. "Zo is het niet gebeurd."

Mevrouw Finster stond op en kwam naar haar toe. "Arm kind," zei ze. "Je zult wel honger hebben. Ik haal iets te eten voor je."

Maar Zanny hoorde haar nauwelijks. Ze was zich van niets anders bewust dan van inspecteur Jenkins.

"U hebt het mis," zei ze nog eens.

"Ik weet hoe hard dit voor je moet zijn, Zanny," zei Jenkins zacht. "Maar de feiten zijn er."

"Mijn vader is gestorven aan een schotwond. Dat hebt u me zelf verteld. Dat bewijst dat het geen zelfmoord kan zijn. Mijn vader had geen pistool."

"Ik ben bang van wel," antwoordde inspecteur Jenkins.

Zijn kalme stem maakte Zanny alleen maar bozer. "U hebt zich duidelijk vergist," zei ze stijf. "Ik ken mijn vader. En ik weet dat hij geen pistool had. Hij was verpleger."

"Ik begrijp hoe je je voelt, Zanny," zei inspecteur Jenkins.

"Nee, dat begrijpt u niet. Dat begrijpt u helemaal niet."

De inspecteur knikte, alsof hij dat toegaf. "Maar Zanny, je kunt niet om het feit heen dat we twee dozen met kogels hebben gevonden in je vaders nachtkastje. En we hebben in dezelfde la de holster voor het pistool gevonden."

Zanny staarde hem verbijsterd aan. Sinds wanneer had haar vader een pistool? Wat had hem in 's hemelsnaam bezield om er een te kopen? De kogels en de holster moesten daar door iemand anders zijn gelegd. Misschien had de moordenaar geprobeerd om het op zelfmoord te laten lijken. Maar wie wilde haar vader nu vermoorden? Een inbreker zou al die moeite niet hebben gedaan. Maar als het geen inbreker was geweest, wie dan wel? Wie was zo vastbesloten om hem te vermoorden, dat hij zich zo grondig had voorbereid?

"Er zaten maar een paar vingerafdrukken op het pistool waarmee hij is gedood, Zanny," zei inspecteur Jenkins, "en die waren van je vader. En er zaten brandwonden op zijn hand. Ik weet dat het moeilijk te aanvaarden is, Zanny. Ik kan begrijpen dat je het niet wilt geloven. Maar de lijkschouwer heeft vastgesteld dat de wonden die je vader heeft wijzen op zelfmoord."

Elk gevoel vloeide weg uit Zanny's lichaam. Heel ver weg hoorde ze holle klanken. Ze hoorde ze, maar nam ze nauwelijks in zich op.

"Mevrouw Finster zei dat je geen familie hebt," zei inspecteur Jenkins. "Is dat waar, Zanny?"

Haar vader had zelfmoord gepleegd. Nee. Nee, dat kon niet waar zijn. Dat zou haar vader nooit hebben gedaan. Hij was te sterk om zoiets te doen. Trouwens, hij zou haar nooit in de steek hebben gelaten. Of wel?

"Zanny? Heb je nog familie? Iemand die we kunnen bellen?"

Maar hij had zelfmoord gepleegd. Inspecteur Jenkins had het gezegd. Op een dag had haar vader zonder dat Zanny het wist een pistool gekocht. En op een dag - vandaag - had hij dat pistool gepakt en...

"Nee," zei Zanny. Haar stem klonk als gefluister. "Ik heb niemand." Helemaal niemand.

"Dan zal ik de kinderbescherming moeten bellen," zei inspecteur Jenkins.

"Oh nee," protesteerde mevrouw Finster. "Dat kunt u niet doen. Dat arme kind heeft al zoveel te verduren gekregen."

"Het spijt me, maar..."

✣ ✣ ✣

Zanny had er geen idee van hoe ze in de achterslaapkamer van mevrouw Finster was beland. Ze was daar opeens en zat op de rand van het bed te kijken hoe mevrouw Finster stond te rommelen, dekens stond op te vouwen en kussens op te schudden en het koffertje dat Zanny gisteravond had meegebracht, uit te pakken.

"Je kunt niet in je kleren slapen," zei mevrouw Finster.

Zanny gluurde naar de klok op het nachtkastje. Het was nog niet eens middag.

"Ik ben niet moe," zei ze.

"Nonsens," zei mevrouw Finster. "Je bent uitgeput. Je hebt vannacht geen oog dichtgedaan." Ze legde haar hand op Zanny's hand. "Ik heb je gehoord, liefje. Je hebt de hele nacht gehuild, arme schat. Nu moet je wat rusten."

Zanny trok haar pyjama aan en klom in bed. Ze legde haar hoofd op het kussen en sloot haar ogen. Mevrouw Finster had gelijk. Slapen zou haar goed doen. Als ze sliep kon ze de werkelijkheid ontvluchten. Slapen zou haar verdoven.

Maar de slaap wilde niet komen.

Als ze haar ogen sloot zag ze, in plaats van een milde duisternis die alles bedekte, het lijk van haar vader in een poel van zwartrood bloed op de woonkamervloer liggen. Zijn ogen staarden haar levenloos aan, de rest van zijn gezicht was slap en uitdrukkingloos.

Het was maar een paar uur geleden dat ze van school naar huis was gewandeld, vastberaden om hem eens ongezouten haar mening te zeggen, vastbesloten om hem het hoofd te bieden. Ze huilde als ze bedacht hoe ze had gewenst dat hij haar nooit meer iets zou bevelen, haar nooit meer zou zeggen wat ze wel en niet mocht. Tranen rolden over haar wangen en maakten plasjes op haar kussen. Ze had gewenst dat hij haar nooit meer lastig zou vallen, en nu zou hij dat inderdaad niet meer doen.

Ze huilde tot haar kussen doornat was en toen viel ze op een of andere manier toch in slaap.

* * *

Zanny sliep de klok rond en werd wakker van de geur van spek. Ik hoop dat hij er toost bij maakt, dacht ze. Haar vader maakte de beste toost die ze ooit had geproefd, krokant aan de buitenkant, zacht en smeuïg aan de binnenkant en gekruid met net genoeg kaneel. Ze kreeg het water in de mond als ze eraan dacht. Toen opende ze haar ogen en zag dat ze in een vreemd bed lag. Ze kneep haar ogen weer dicht en wou dat ze voor altijd kon slapen.

Zo lag ze daar een tijdje, stil en leeg, op de pijn in haar hart na. Hij was er niet meer. Er niet meer. Ze haatte het als mensen die woorden gebruikten, want dat was helemaal niet wat ze bedoelden. Als mensen er niet meer waren, was er altijd nog een kans dat ze terug zouden komen. Maar als ze dood waren, was het iets heel anders. Ze veegde de tranen weg die in haar ogen prikten. Hoe kon hij zoiets hebben gedaan? Hoe had hij haar dat aan kunnen doen? Daar had hij waarschijnlijk niet aan gedacht. Toen hij het pistool, waar zij het bestaan niet eens van vermoedde, uit de la had gehaald en het geladen had met kogels die ze nooit had gezien, had hij waarschijnlijk gedacht dat wat hij ging doen iets was wat hij enkel zichzelf aandeed. Fout, Mitch Dugan. Weer de boot gemist. Dit heb je ook mij aangedaan. Mij, verdomme.

Opeens kon Zanny niet meer stoppen met snikken. Ze hoorde zichzelf naar adem snakken en toen ebde de angst uit haar weg. Haar hele lichaam beefde. Ze kon zelfs niet stoppen met huilen toen mevrouw Finster verscheen en haar in haar armen nam en haar wiegde. Ze had het gevoel dat ze voor eeuwig kon blijven huilen.

⁂

"Toe maar, meisje," suste mevrouw Finster. "Eet het maar allemaal op. Er gaat niks boven een volle maag om hartenpijn te verlichten." Ze schoof nog twee pannenkoeken op Zanny's bord en gaf haar de stroop door, ondanks haar protest. Zanny staarde naar de kan van geslepen glas en dacht aan al de pannenkoeken die ze al had gegeten. Dit hield toch geen steek. Als je doormaakte wat zij doormaakte, zat je jezelf toch niet vol te proppen met de vederlichte pannenkoeken van mevrouw Finster. Eten zou nu toch het allerlaatste moeten zijn wat ze wilde.

"Je moet eten," zei mevrouw Finster vriendelijk, alsof ze Zanny's gedachten kon lezen. "Er gebeuren vreselijke dingen, dingen die je verdrietiger maken dan je je ooit kon voorstellen. Maar je moet blijven eten. Je moet verder."

Zanny goot wat stroop op haar pannenkoek en at, nu wat langzamer.

"Wat gaat er met mij gebeuren?" zei ze. "Waar moet ik nu gaan wonen?"

Mevrouw Finsters vriendelijke glimlach verdween. Ze veegde haar handen af aan haar schort en ging tegenover Zanny aan tafel zitten.

"Heb je helemaal geen familie, meisje? Iemand die voor je kan zorgen? Er moet toch iemand zijn."

Maar er was echt niemand. Ze waren altijd met z'n tweetjes geweest: Zanny en haar vader.

Haar moeder was gestorven toen ze nog een baby was. Ze had haar grootouders nooit gekend.

"Helemaal niemand?" Mevrouw Finster schudde haar hoofd. "Het is toch onmogelijk dat iemand zo alleen op de wereld is."

Zanny voelde weer tranen opwellen in haar ogen.

"Oh, liefje," zei mevrouw Finster. Ze reikte over de tafel naar Zanny's hand. "Ik wilde je niet overstuur maken. Ik weet soms niet wat me bezielt. Ik flap er ook zomaar alles uit wat in me opkomt. Daar heb ik me als kind ontelbare keren problemen mee op de hals gehaald. Het spijt me."

"Geeft niks," zei Zanny. Opeens smaakten de pannenkoeken als lijm in haar mond. Ze legde haar vork neer en duwde het bord weg.

"Geef me een paar minuutjes om af te ruimen," zei mevrouw Finster. "En dan rij ik je naar de stad. Er zijn zoveel dingen die we nog in orde moeten brengen. We moeten regelingen treffen."

Regelingen. De pannenkoeken en stroop werden zuur in Zanny's maag. Nog zo'n woord dat mensen gebruikten om het minder erg te laten klinken dan het was. Maar mevrouw Finster bedoelde niet de uurregeling van de bus of de tram. Ze bedoelde de begrafenis.

* * *

"Wat denk je, Zanny?" vroeg mevrouw Finster. "Ik vind eiken heel mooi. Zo rijkelijk. Zo mooi gelijnd. Ik heb mijnheer Finster in eiken begraven, weet je. Er waren een paar familieleden, zijn zus Rose, bijvoorbeeld, die vonden dat ik hem in mahonie had moeten begraven. Dat is duurzaam hout, zei Rose." Mevrouw Finster snoof. "Maar waarom zou ik duurzaam hout hebben gekozen voor een echtgenoot die zichzelf doodgerookt en -gedronken heeft en me heeft laten zitten met drie kleine kinderen? Gelukkig zijn mijn jongens alledrie heel verstandig. Ze konden een beurs krijgen om naar de universiteit te gaan. Maar toch, ik was woest." Ze glimlachte schaapachtig naar Zanny. "Het spijt me, meisje. Ik zou niet zo moeten doordraven over mijnheer Finster. God hebbe zijn ziel. Ik weet dat je niet boos bent op je vader. Ik liet me even gaan. Als ik begin te ratelen, kan ik niet meer stoppen."

Maar Zanny was wél boos op haar vader, ze was woest. Ze kon zich niet meer herinneren dat ze ooit zo woest was geweest. Kijk wat hij haar had aangedaan. Hij had haar leven op zijn kop gezet. Het was woensdag elf uur en in plaats van voor Nick Mulaney in de wiskundeles te zitten, stond ze in de gedempt verlichte showroom van Stroud en Zonen Funerarium, te kiezen tussen een eiken en een mahonie doodskist. Hoe had hij haar zoiets aan kunnen doen? Hoe?

"Zanny? Zanny, liefje, heb je al besloten?"

Zanny kon niet antwoorden. Ze kon nauwelijks bewegen.

Mevrouw Finster raakte haar hand aan. "Wacht hier maar, liefje," zei ze. "Ik regel alles wel. Maak je maar geen zorgen."

***

"Is dit alles wat je hebt, liefje?" zei mevrouw Finster. "Heb je niets..." Ze zocht krampachtig naar het juiste woord. "Geschikters," zei ze uiteindelijk. Zanny wist precies wat ze bedoelde: iets begrafenisachtigers.

Terwijl mevrouw Finster zich door Zanny's garderobe worstelde, stond Zanny in de deuropening. Vanwaar ze stond, kon ze in de slaapkamer van haar vader kijken. Ze verwachtte bijna zijn lange benen op het bed te zien liggen, waar hij 's avonds zo graag zat te lezen. Ze had nog nooit iemand gezien die zoveel las als haar vader - tenminste, de laatste tijd. Vroeger had hij nooit veel om boeken gegeven. Maar sinds ze in Birks Falls woonden, was hij tot rust gekomen, had hij zich een bibliotheekkaart aangeschaft en bracht hij de meeste van zijn avonden door met lezen en naar klassieke muziek luisteren.

Er was nu geen enkel geluid van haar vader meer in huis. Geen muziek. Geen geritsel van bladzijden. Er was alleen het geluid van mevrouw Finster die zich een weg door Zanny's kast baande en die bezorgd mompelde omdat er geen jurk of rok tussen zat die donker genoeg was voor de begrafenis.

Hoe moet het nu verder? vroeg Zanny zich af. Zal ik hier ooit nog wonen? Dit huis was haar thuis geworden; ze had er langer gewoond dan waar ook. De leegte in haar dijde uit, tot ze zich compleet hol voelde. Ze kon hier niet alleen blijven: ze was niet oud genoeg, had er zelfs nog nooit over nagedacht wat het betekent om voor jezelf te zorgen. Wat zou er nog allemaal gebeuren? Wat zouden ze met haar doen? En wie waren die 'ze' die nu de grote beslissingen in haar leven zouden nemen?

"Hier zullen we het mee moeten doen," kondigde mevrouw

Finster vanuit de diepten van Zanny's kast aan.

Zanny veegde haar tranen weg en haalde diep adem. Ze ging terug naar haar kamer en keek toe hoe mevrouw Finster zich uit haar kast wurmde en er een marineblauwe overhemdjurk uit haalde, waarvan Zanny zelfs niet meer wist dat ze hem had.

✣✣✣

Zanny trok de marineblauwe jurk aan, ook al waren de mouwen te kort en de kraag te nauw, en een paar zwarte schoenen en liep alleen naar de kerk voor de begrafenis. Mevrouw Finster liet haar begaan. "Binnen een halfuur kom ik ook," zei ze. "Zal het tot dan lukken in je eentje?"

Zanny knikte en hield zichzelf voor dat ze het wel zou redden. Ze was niet voorbereid op hoe ze zich zou voelen als ze de grote poort binnenliep en de middenbeuk voor zich zag liggen, die baadde in het licht dat door de glasramen naar binnen stroomde en een schitterend patroon vormde op de witte satijnen lijnen van de kist.

De kerk was leeg en daar was ze blij om. Niemand zag dat haar knieën knikten toen ze naar de kist liep. Niemand zag hoe haar ogen zich vulden met tranen toen ze dichterbij kwam. Niemand hoorde haar snikken toen ze naar het verstilde lichaam van haar vader keek. Ze had nog nooit iemand zo stil zien liggen. Ze staarde een tijdje naar zijn borst en bad dat er een mirakel zou gebeuren, dat hij weer adem zou gaan halen en dat ze zou ontwaken uit deze nachtmerrie.

Hoe langer ze naar hem staarde, hoe meer ze besefte dat haar vader er niet meer hetzelfde uitzag, hij leek er gewoon op, zoals de wassen beelden in het museum die net genoeg op hun modellen leken om te weten wie ze voorstelden, maar toch anders waren. De handen van haar vader lagen over zijn borst. Het weinige haar dat hij nog had, was netjes achterover gekamd. Zijn wangen waren bijgewerkt met rouge, waarschijnlijk om hem een gezonde blos te geven, maar zijn gezicht leek er net een masker door. De dood had zijn borstelige wenkbrauwen getemd, wat hem toen hij nog leefde nooit was gelukt.

Het viel Zanny weer op hoe weinig ze op haar vader leek. Er was eigenlijk helemaal geen overeenkomst. Haar hele leven hadden mensen daar opmerkingen over gemaakt. Dat had haar altijd gekwetst. "Ben je er wel zeker van dat ze jouw dochter is, Mitch? Ben je er zeker van dat je vrouw niks had met de melkboer?" Om de een of andere reden vonden de mensen dat een goeie grap. Maar Zanny kon er niet om lachen. Als klein meisje had ze erom gehuild.

"Laat ze maar kletsen," zei haar vader altijd. "Er zijn heel veel kinderen die niet op hun vader lijken. Er zijn heel veel kinderen als jij, die het evenbeeld van hun moeder zijn. Je lijkt precies op haar, Zanny."

Maar daarvoor moest ze hem op zijn woord geloven. Zanny was twintig maanden toen haar moeder overleed. Ze herinnerde zich haar moeder niet, ze kon zich er niets meer van herinneren, hoe ze het ook probeerde. En er waren geen foto's om haar geheugen op te frissen.

"Hadden jullie niet eens trouwfoto's?" had Zanny gevraagd.

"'Tuurlijk wel," had haar vader gezegd. Maar de foto's waren verdwenen. Ze waren verbrand. Alles was verloren gegaan in een huisbrand een paar weken voor... Zijn ogen werden altijd troebel als hij dat vertelde. Zijn stem brak. Als de naam van Zanny's moeder viel, werd hij zo overmand door verdriet dat Zanny het bijna niet over haar hart verkreeg om nog iets over haar te vragen.

Nu begon de kleine kerk vol te lopen. Mevrouw Finster verscheen aan Zanny's elleboog, raakte haar lichtjes aan en leidde haar naar een van de eerste rijen. Toen Zanny ging zitten en weer opkeek, was de kist dicht. Er stond een mand met lelies bovenop. Zanny boog haar hoofd en huilde zachtjes. Ze keek maar één keer rond tijdens de begrafenisdienst en ving een glimp op van Michelle, Sheri en Anna die samen achteraan zaten. Ze was verrast om een paar rijen voor hen Nick Mulaney te zien zitten.

Om de een of andere reden dacht Zanny bij begrafenissen altijd aan een sombere novemberochtend en aan grijze, druilerige regen. Maar op de dag van haar vaders begrafenis hing de zon als een gouden schijf in een blikkerende blauwe hemel. Het gras op het kerkhof was zo dik en groen als een tapijt. Het was een dag om te gaan fietsen of met de frisbee te spelen in het park: het was een dag om te gaan rennen en klimmen en joggen, een dag voor voetbal en honkbal, voor springtouwen en glijbanen en schommels. Zanny keek toe hoe de kist van haar vader in de aarde werd neergelaten en vroeg zich af of ze een zonnige dag ooit nog mooi zou vinden. Een voor een kwamen de mensen voorbij en lieten een handvol aarde in het graf vallen. Ze stopten allemaal om haar hand te nemen, erin te knijpen en te zeggen hoe verschrikkelijk ze het vonden. Zanny herkende veel gezichten: buren, leraren, vrienden.

Michelle, Sheri en Anna kwamen samen naar haar toe.

"We vinden het zo vreselijk," zei Michelle. Anna en Sheri knikten somber.

"We vertrekken morgen voor het nationaal kampioenschap," zei Anna. "Maar als we ook maar iets voor je kunnen doen als we terug zijn, hoef je het maar te zeggen."

"Als we ook maar iets kunnen doen," echode Sheri.

Zanny knikte. Ze wist dat als ze iets antwoordde, ze zou beginnen te huilen en om de een of andere reden die ze zelf niet snapte, wilde ze niet huilen in het bijzijn van het Zwemkwartet. Als Lily hier was, zou het anders zijn. Bij Lily kon ze huilen. Maar niet bij deze meisjes. Ze kende ze niet goed genoeg om bij hen uit te huilen.

Ze bleef nog een hele tijd bij het graf staan nadat de anderen terug naar het huis van mevrouw Finster waren gegaan, waar lichte hapjes werden geserveerd. Mevrouw Finster had zachtjes in haar arm geknepen.

"Nog een paar minuutjes," had Zanny gezegd. "Ik kom zo." Ze kon niet zomaar weglopen. Ze kon hem hier niet zomaar alleen laten, zonder afscheid te nemen.

Haar mond vormde haar afscheidswoorden. Maar ze bleven in haar keel steken. Dit afscheid was helemaal niet wat ze er zich van had voorgesteld. Ze had altijd gedacht dat ze afscheid van haar vader zou nemen als ze naar de universiteit vertrok, dat ze haar vader zou verlaten in het kleine huis op de heuvel en steeds maar voor een paar maanden; van het begin van een trimester tot het begin van de volgende vakantie, tot Thanksgiving of Kerstmis. Ze had nooit gedacht dat het afscheid zo definitief zou zijn, dat ze voorgoed bij hem weg zou gaan en dat ze hem nooit meer naar haar zou zien glimlachen.

Ze keek naar de plaats in de aarde waar haar vader lag en probeerde te begrijpen wat hem hiertoe had gedreven. Ze nam het zichzelf kwalijk dat ze de signalen niet had gezien. Ze hadden een hoofdstuk over zelfmoord gehad in de les gezondheidsleer. Ze hadden er zelfs een toets over gehad. Vraag: Noem vijf signalen die wijzen op zelfmoordplannen. Antwoord: depressief zijn, geen eetlust meer hebben, meer slapen dan anders, opeens dierbare bezittingen weg gaan geven, vaker alleen zijn dan normaal. Ze had hard gestudeerd voor die test, ze studeerde altijd hard. De signalen waren in haar geheugen gegrift, maar wat had het haar opgeleverd? Ze had geen enkel signaal opgevangen bij haar vader. Ze had het zo druk gehad met haar eigen leven, dat ze stekeblind was geweest voor de problemen in dat van hem.

Ze was ook blind geweest voor andere dingen. Voor het pistool, bijvoorbeeld. Wanneer en hoe had haar vader een pistool gekocht? En kogels. Hoe had hij aan zijn einde kunnen komen met brandwonden in zijn hand? De woorden van inspecteur Jenkins echoden in haar oren: "De wonden van je vader wezen op zelfmoord." Hij had de hand aan zichzelf geslagen. Maar waarom? Dat kon ze maar niet begrijpen. Waarom had hij het gedaan? En hoe kon ze in godsnaam al de signalen hebben gemist?

## 4

Zanny zat in een ouderwetse schommelstoel achterin de tuin van mevrouw Finster, in de schaduw van een rij ceders en vroeg zich af of iedereen al was vertrokken. Ze was verbaasd dat er zoveel mensen waren gekomen. Er waren er een heleboel die ze niet kende. Het waren collega's van het ziekenhuis, die allemaal oprecht verdriet leken te hebben dat haar vader dood was en dat maakte Zanny alleen nog maar verdrietiger. Op zoveel plaatsen waar ze hadden gewoond, was haar vader een eenling geweest, zonder ook maar één vriend. Maar in Birks Falls had hij eindelijk een thuis gevonden; in Birks Falls had hij eindelijk vrienden gemaakt. Maar het was allemaal te laat. Het had hem niet geholpen om te vinden waar hij blijkbaar al die jaren naar op zoek was geweest.

"Zanny?"

Ze keek door haar tranen heen en zag Nick Mulaney in het midden van het gazon staan, met zijn handen in de zakken van zijn spijkerbroek. Hij glimlachte aarzelend naar haar en haalde zijn schouders medelevend op.

Zijn aanwezigheid deed haar wat, maar tegelijkertijd voelde ze zich onwennig. Ze zou zo weer gaan huilen, dat was een feit en als er iets was dat een rotsituatie nog erger voor haar maakte, was het wel huilen in het bijzijn van iemand die ze nauwelijks kende.

Nick kwam een paar stappen dichterbij en bleef toen staan.

"Misschien heb je nu helemaal geen behoefte aan gezelschap," zei hij. "Als dat zo is, begrijp ik dat heel goed. Dan zeg je het gewoon en ga ik weer weg."

Terwijl hij op haar antwoord stond te wachten, keek hij haar recht in de ogen, wat haar verraste. In tegenstelling tot Sheri en Anna en Michelle voelde hij zich blijkbaar helemaal niet opgelaten. En hij had dan wel voorgesteld om weer weg te gaan, maar hij had helemaal geen haast om zich uit de voeten te maken.

Ze aarzelde en zei toen: "Ik ben niet zo'n goed gezelschap op dit ogenblik."

"Je hoeft geen goed gezelschap te zijn." Nick ging op de schommel tegenover haar zitten. "Ik vond het echt verschrikkelijk toen ik het hoorde van je vader."

Zanny knikte.

"Hij moet een geweldige man zijn geweest," zei Nick. "Er was heel veel volk in de kerk."

"Ja, blijkbaar," antwoordde Zanny. Haar stem klonk hees, haar keel zat dicht terwijl ze haar tranen probeerde in te slikken. Een geweldige man, ja. Een man die zich blijkbaar vreselijk rot had gevoeld. Een man die zo in de put had gezeten, dat hij een pistool was gaan kopen en zelfmoord had gepleegd. En dat allemaal zonder dat zijn enige dochter ook maar iets in de gaten had gehad.

"Zanny?" Nicks ogen keken heel bezorgd. "Als je wilt praten, kan dat. Ik zal naar je luisteren. Als je niks wilt zeggen, is dat ook goed. Jij beslist, oké?"

Ze knikte en veegde een traan weg.

Zo schommelden ze daar een paar minuten met de stilte tussen hen in. Toen zei Zanny langzaam: "Ik had het gewoon niet verwacht. Van alle dingen die er zouden kunnen gebeuren, was dit het enige dat ik nooit had verwacht. Zelfs toen ik die dag van school kwam en ik de politieauto's en de ziekenwagen op onze oprit zag staan, verwachtte ik het nog niet. Ik had nooit gedacht dat mijn vader iets zou kunnen overkomen. Toch niet *mijn* vader." Als ze eraan terugdacht, was het alsof ze in een droom liep. Ze zag alles zo haarscherp dat ze bijna haar hand kon uitsteken en het gele politielint kon aanraken dat voor haar voordeur was gespannen. En toch leek het allemaal heel onwerkelijk, alsof alles, als ze het aanraakte, in de lucht zou oplossen.

"Zelfs toen ik besefte dat er iemand dood was, zelfs toen ik een lijk op de woonkamervloer zag liggen, verwachtte ik nog niet dat het mijn vader was."

Nick keek niet weg. Hij keek haar diep in de ogen en knikte, alsof hij elk woord begreep.

"Mijn moeder is een paar jaar geleden overleden," zei hij. "Ik was er niet toen het gebeurde. Zij en mijn vader waren al een tijd gescheiden en ik woonde bij papa. Maar ik herinner me nog elke minuut van die dag. Ik was net thuisgekomen van school. De telefoon rinkelde. Ik nam op en het was mijn tante Louise, de zus van mijn moeder. Ik had die tante misschien al een halfjaar niet meer gesproken en het eerste wat ze vroeg was: 'Ben je alleen?' Waarom wilde ze dat weten?" Hij zweeg even en haalde diep adem. "Dus ik zei: 'Ja, ik ben alleen.' Papa was nog op zijn werk. Toen zei ze: 'Er is een ongeluk gebeurd, Nick. Je moeder is dood.' En weet je wat ik zei?"

Zanny schudde haar hoofd. Ze kon zien dat hij dat moment opnieuw beleefde en wilde hem opeens aanraken, om hem te troosten.

"Ik zei: 'Onzin.' Dom, hè? Ik krijg te horen dat mijn moeder net overleden is en het enige wat ik kan zeggen is: 'Onzin.'" Hij schudde zijn hoofd weer.

"Het spijt me," zei ze.

Nick glimlachte droevig. "Dank je. Maar ik vertel je dit niet om je medelijden te krijgen. Het is gewoon omdat, nou, omdat je sommige dingen nooit vergeet, Zanny. Sommige momenten blijven je je hele leven bij. Je beleeft ze opnieuw en opnieuw. Soms voelt het alsof de pijn nooit weg zal gaan en eigenlijk is dat ook zo. Ik weet dat het niet makkelijk is. Dat weet ik maar al te goed."

Ze knikte. Ze zaten een tijdje zwijgend op de schommels.

Toen keek ze in zijn donkerbruine ogen tot hij zijn wenkbrauwen verward fronste.

"Weet je... heb je gehoord wat er is gebeurd?" vroeg Zanny.

"Ik heb gehoord wat ze zeggen, iets van een pistool. Een jongen op school vertelde dat iemand hem had verteld dat je vader een inbreker had betrapt. Dat hoor je zo vaak. Iemand komt thuis, er is een inbreker in huis en voor die man beseft dat er iets scheelt... nou, je weet wel."

Zanny sloeg haar ogen neer en keek naar haar handen die in haar schoot lagen en wou bijna dat het zo was gebeurd. "De politie... ze zeggen dat hij het zelf heeft gedaan." Waarom was het zo moeilijk om dat hardop te zeggen? "Ze zeggen dat hij zelfmoord heeft gepleegd." Ze vroeg zich af hoe Nick zou reageren. Ze vroeg zich af hoe ze zelf zou reageren als iemand haar dat vertelde.

Hij zei: "Het spijt me, het spijt me zo voor je."

Op de een of andere manier was de stilte die volgde niet ongemakkelijk. Na een tijdje glimlachte Nick vriendelijk naar haar. "En wat gaat er nu gebeuren? Ga je bij familie wonen?"

"Niet echt," zei Zanny. "Ik heb geen familie."

"Geen familie?" Nick keek even verbaasd als iedereen die dat hoorde. "Ik dacht dat iedereen familie had."

"Ik niet."

"Helemaal niet?"

"Nee."

"En ik dacht altijd dat ik de enige op de wereld was die een familiereünie zou kunnen houden in een telefooncel."

"Wat?" zei Zanny verbaasd.

"Mijn familie bestaat uit mezelf," zei hij terwijl hij op zijn wijsvinger wees, "mijn vader en tante Louise en dat is het. Dat is de enige familie die ik heb."

"Dan heb je er twee meer dan ik," zei Zanny hard.

Nick stak zijn hand uit en nam die van haar. Zijn handen waren warm en droog. Ze gaven haar een veilig gevoel.

"En wat ben je nu van plan?"

Zanny beet op haar lip. Niet huilen, zei ze tegen zichzelf. Er waren genoeg tranen gevloeid voor een dag. "Ik weet het niet."

Ze zeiden niks meer en schommelden zachtjes. Hoe had dit haar kunnen overkomen? Hoe had ze dit kunnen laten gebeuren? En hoe had ze de signalen over het hoofd kunnen zien? Daar moest ze steeds aan denken.

Maar er waren gewoon helemaal geen signalen geweest. Haar vaders gedrag was helemaal niet anders dan anders geweest, zijn humeur ook niet. En ze kon zich gewoon niet voorstellen dat haar vader... het zou doen. Ze kon zich zelfs niet voorstellen dat hij zich had gevoeld zoals iemand die - en ze huiverde - een pistool tegen zijn hoofd hield, zich moest voelen...

"Hij heeft het niet gedaan," zei ze. Zo simpel was het. "Mijn vader heeft het niet gedaan. Dat kan gewoon niet." Ze stond bruusk op en sprong van de schommel af. "Ik moet ervandoor, Nick."

"Waarnaartoe? Zanny, gaat het?"

"Ja, ja. Ik moet naar het politiebureau. Ik moet met inspecteur Jenkins praten."

"Ik breng je wel even," zei Nick.

Zanny was al honderden keren langs het politiebureau van Birks Falls gereden, maar ze was er nog nooit binnengeweest. Het zag er heel anders uit dan ze had gedacht. Om te beginnen was het heel klein, een log bakstenen gebouwtje met twee verdiepingen in de hoofdstraat, naast het Texaco-station en tegenover de bank. Het was er ook drukker dan ze zich het politiebureau van een kleine stad had voorgesteld. Het kleine kantoortje zat afgeladen vol met mensen en de tien telefoons die er stonden leken allemaal tegelijkertijd te rinkelen.

Niemand keek op toen Zanny en Nick binnenkwamen.

Zanny keek rond en zag inspecteur Jenkins in een kantoortje achter glas in een hoek van het lokaal. Ze liep naar hem toe.

Nick volgde haar op de voet.

Inspecteur Jenkins was aan het bellen, maar hij keek op en wenkte hen naar zijn kantoor. Pas toen ze binnen stond, merkte Zanny dat er nog iemand in de kamer was. Een man met donkere ogen en een zwarte overjas zat naast een archiefkast met vier laden.

Inspecteur Jenkins hing op. "Zanny, wat een verrassing," zei hij. "Wat kan ik voor je doen?"

"Ik wilde u komen vertellen dat hij het niet heeft gedaan."

Inspecteur Jenkins fronste zijn wenkbrauwen. "Ik ben bang dat ik niet..."

"Mijn vader," zei Zanny. "Hij heeft geen zelfmoord gepleegd. Dat kan gewoon niet. Mijn vader is gewoon niet het type. Hij zou zoiets nooit doen."

De telefoon op het bureau van inspecteur Jenkins rinkelde. Jenkins nam op en gromde zijn naam in de hoorn. Toen luisterde hij aandachtig. "Ja," zei hij uiteindelijk. "Geef me vijf minuten. Ik kom eraan."

De hoorn klikte terug op de haak. "Er is een klein meisje verdwenen," legde hij somber uit. "Iemand heeft haar in een auto zien stappen." Hij masseerde zijn slapen en keek zoals haar vader soms keek als hij van het werk kwam. "Luister, Zanny, ik weet hoe je je voelt. Maar officieel behandelen we deze zaak nog steeds als een zelfmoord..."

"Hoe bedoelt u, officieel?" vroeg Nick.

Inspecteur Jenkins keek hem aan. "En jij bent...?"

"Nick Mulaney," zei Zanny. "Een vriend van me. Wat bedoelt u eigenlijk, ja?"

"Ik bedoel, officieel, als iemand ernaar informeert. Maar onder ons, nou..." Hij keek naar de andere man in het kantoortje. "Grappig dat je nu net komt opdagen, Zanny. Ik wilde rechercheur Wiley net vertellen waar hij je kon bereiken."

De man naast de archiefkast stond op. Het was een grote man.

Als hij helemaal rechtop stond, leek hij de kamer te vullen.

"Rechercheur Wiley is van de drugsbrigade," zei inspecteur Jenkins. "Hij zou je graag even spreken."

De drugsbrigade? Zanny keek naar Nick. Wat was er aan de hand? Waar had inspecteur Jenkins het over?

"Ik zou juffrouw Dugan onder vier ogen willen spreken, als dat zou kunnen," zei rechercheur Wiley. Zijn stem klonk zo zwaar als de donder.

"Geen probleem," zei inspecteur Jenkins. Hij graaide zijn jas van de kapstok en werkte zich erin. "Kom, jongen," zei hij tegen Nick. "Je kunt buiten wachten."

Nick aarzelde. Zijn blik leek te vragen: red je het wel? Zanny knikte. Ze keek toe hoe hij zich een plaatsje veroverde op een bank in het grote lokaal. "Gaat u toch zitten, juffrouw Dugan." Wiley wees naar de stoel waar hij net op had gezeten.

Zanny schudde haar hoofd. "Ik blijf liever staan."

Wiley haalde zijn schouders op. "Oké." Hij liep om het bureau van inspecteur Jenkins heen en ging in zijn stoel zitten. "Ik zou je een paar vragen over je vader willen stellen."

Zanny begreep het niet. Wat wilde de drugsbrigade nu over haar vader weten? Hij was verpleger, geen berucht internationaal drugdealer of misdadiger.

"Ik denk dat u hem verwart met iemand anders," zei Zanny.

Wiley leunde achterover in de stoel en maakte een tentje met zijn vingers terwijl hij haar ernstig aankeek.

"Dat zal ik wel uitmaken. Ik begrijp dat je vader als verpleger werkte in het ziekenhuis hier in de stad, dat hij daar het afgelopen anderhalf jaar werkte. Wat deed hij daarvoor?"

Die vraag bracht Zanny van haar stuk. Als rechercheur Wiley wist dat haar vader het laatste anderhalf jaar hulpverpleger was geweest in het ziekenhuis, dan moest hij toegang hebben tot de tewerkstellingsgegevens van haar vader. Ze hoefde hem helemaal niet meer te vertellen waar haar vader daarvoor had gewerkt.

Wiley keek haar een paar ogenblikken aan. Ten slotte zei hij: "Wat is er, Zanny? Weet je het niet?"

"Jawel, maar..."

"Volgens het ziekenhuis heeft je vader toen hij daar kwam solliciteren, verteld dat hij daarvoor bij de onderhoudsploeg van een privé-ziekenhuis in Dallas werkte, dat sindsdien blijkbaar niet meer bestaat. En daarvoor was hij klusjesman in een privé-school in Phoenix, die blijkbaar in rook is opgegaan kort nadat je vader er is weggegaan."

Zanny fronste haar wenkbrauwen. Dat was niet waar. Dat was helemaal niet waar.

"Wat is er, Zanny? Heb ik het verkeerd? Volgens de personeelsdienst van het ziekenhuis is dat in elk geval wat je vader ze heeft verteld bij het sollicitatiegesprek."

Zanny schudde haar hoofd. Haar vader zou nooit zo liegen. Deze man vertelde de waarheid niet. Maar waarom?

"Wat wilt u eigenlijk van me?" vroeg Zanny boos.

Wiley leunde achterover in zijn stoel. "Wat deed je vader in zijn vrije tijd? Had hij hobby's, dure hobby's, misschien? Ging hij graag met je shoppen? Kreeg je veel zakgeld? Een mooi meisje als jij, ik wed dat je thuis een kast vol kleren hebt, hè?"

Zanny schudde haar hoofd. Deze man bracht haar niet alleen van haar stuk, hij maakte haar bang. Ze begreep zijn vragen niet. Ze begreep niet waarom hij dingen zei die niet waar waren. "Ik weet niet waar u het over hebt."

"Echt niet, Zanny? Weet je dat wel zeker?"

Zijn zwarte ogen keken dwars door haar heen en maakten haar nog banger. Toen knikte Wiley langzaam. "Je weet het echt niet, hè." Hij zuchtte. "Oké, Zanny, dat is voorlopig alles."

"Ik wil weten waarom u hier bent. Wat wilt u van mijn vader?"

Rechercheur Wiley stond op en beende naar de deur. Hij deed ze open voor haar.

"Dank je voor je tijd, Zanny," zei hij. "Mijn deelneming voor je verlies."

Zanny aarzelde. Ze wilde het weten, maar hij was duidelijk niet van plan het haar te vertellen. De blik in zijn donkere ogen was ondoorgrondelijk. Met tegenzin liep ze het kantoor van inspecteur Jenkins uit. Nick stond op en kwam naar haar toe. Hij fronste zijn wenkbrauwen.

"Gaat het? Wat was dat allemaal?"

Zanny antwoordde niet. Ze liep gewoon door. Ze moest uit dat politiebureau, ver weg van rechercheur Wiley.

"Wat wilde die kerel?" vroeg Nick opnieuw toen ze in de auto zaten.

"Ik weet het niet."

"Een man van de drugsbrigade die met je wilt praten en jij weet niet waarom? Kom nou, Zanny, dat kan toch niet. Hij moet toch hebben gezegd wat hij wilde."

"Hij heeft het niet gezegd," snauwde Zanny. "Hij heeft helemaal niks gezegd, oké?" Ze was boos en in de war. En bang. Gebeurde dit echt? Hoe kon haar leven zo snel zo radicaal zijn veranderd?

Nick stak de sleutel in het contact en startte de motor. "Sorry," zei hij. "Ik wilde je niet onder druk zetten. Ik zal je naar huis brengen. Je ziet er doodmoe uit."

Ze knikte dankbaar. Nick was nog zo'n verandering in haar leven, maar een goede. "Sorry, Nick. Ik ben bang dat ik geen prettig gezelschap ben, nu."

Hij glimlachte vriendelijk. "In deze omstandigheden hoef je geen goed gezelschap te zijn. En ik hoef geen klier te zijn."

❖ ❖ ❖

Zanny lag wakker in de slaapkamer van de zoon van mevrouw Finster die nu tandarts was en vroeg zich af wat voor reden haar vader zou hebben gehad om te liegen over werk in Dallas en in Phoenix. Hij moest hebben gelogen. Hoe kwam het ziekenhuis er anders bij dat hij daar had gewerkt? Maar waarom?

Alle mogelijke antwoorden beangstigden haar. Stel dat haar vader ondergedoken was voor de politie, voor de drugsbrigade. Zou dat geen verklaring zijn voor het feit dat ze al die tijd zo vaak waren verhuisd? Haar vader had altijd gezegd dat het was omdat hij ergens was ontslagen, of omdat hij ergens anders betere vooruitzichten had. Zanny was altijd boos of teleurgesteld geweest als ze erachter kwam dat hij die vooruitzichten nooit in dezelfde stad had, maar meestal zelfs in een andere staat. Maar meer was ze nooit geweest, alleen boos en teleurgesteld dat zijn baan of gebrek aan een baan betekende dat ze weer moesten verhuizen en dat het blijkbaar nooit wat uitmaakte wat zij daarvan vond. Hij overlegde nooit met haar. Maar ze had er nooit iets achter gezocht... tot nu.

Zanny staarde naar de muren, toen naar het boekenrek dat nog steeds vol stond met boeken, een encyclopedie, een woordenboek, een atlas. Ze stapte uit bed en trok de atlas van het rek. Ze droeg hem terug naar het bed en opende hem op de kaart van de Verenigde Staten. Ze vond Newark, New Jersey. Dan Phoenix, Arizona. Dan Cincinnati, Ohio. Dan Los Angeles.

Terwijl ze haar vinger van plaats naar plaats liet glijden, besefte ze dat ze telkens als ze waren verhuisd, honderden kilometers van hun oude woonplaats vandaan waren getrokken, het waren er nooit minder dan zevenhonderd volgens de kaart. Ze staarde naar de atlas en kon er niet bij dat ze zich daar nooit eerder vragen bij had gesteld. De meeste mensen verhuisden zo toch niet, zo ver weg. De meeste mensen hielden toch contact met de mensen van hun vroegere buurt als ze verhuisden, zelfs al was het maar één iemand en maar voor even, tot ze nieuwe vrienden hadden gemaakt.

Wat haar op een heel ander onderwerp bracht, dat van vrienden. Ze waren nu al anderhalf jaar niet meer verhuisd. Ze hadden anderhalf jaar in hetzelfde huis gewoond en toch was er behalve haar eigen vrienden niemand op bezoek gekomen en behalve Lily was er nooit iemand lang gebleven. De manier waarop Zanny's vader hen beloerde, maakte ze nerveus. Ze zou ook nerveus zijn geworden als een of andere vreemde man haar zo onderzoekend had aangekeken als haar vader bij haar vrienden had gedaan. Maar ze had nooit over hem gedacht als een vreemde man. Hij was gewoon haar overbezorgde vader. Hij was zo overbezorgd dat hij haar in verlegenheid bracht en haar boos maakte. Tenminste, dat had haar altijd het meeste geërgerd aan zijn gedrag. Nu besefte ze dat overbezorgdheid maar één mogelijke verklaring van de feiten was.

En dat was nog niet alles. Zanny had haar vader altijd gezien als een eenling, iemand die graag op zichzelf was als hij niet werkte. Nu was het duidelijk geworden dat hij heel veel vrienden in Birks Falls had gehad, maar om de een of andere reden had hij ze nooit thuis uitgenodigd. Ze dacht terug aan de receptie na de begrafenis. Ze was zo moe geweest, zo verdoofd, zo leeg vanbinnen. Ze hoorde de mensen om haar heen praten, sommigen spraken haar zelfs aan, maar het beste wat ze ze had kunnen bieden, was een zwak glimlachje. Zoveel mensen die ze nooit had ontmoet, waren er. Mevrouw Finster fluisterde hun namen in haar oor, maar ze betekenden niets voor haar. Maar ze had geknikt als ze tegen haar praatten en ze had geglimlacht omdat glimlachen beleefd is. Er was een man in het bijzonder geweest, met lichtbruin haar en roodomrande blauwe ogen. Edward nog iets, had mevrouw Finster gezegd. Edward Hunter. Toen was mevrouw Finster uit haar gezichtsveld verdwenen om iemand anders te begroeten.

Toen de man met het lichtbruine haar iets zei, blonken er tranen in zijn ogen. "Ik heb samengewerkt met Mitch," zei hij. Hij keek Zanny niet aan. Hij staarde naar de kop thee in zijn hand.

"Hij was mijn beste vriend."

Zanny keek de man verdoofd aan terwijl hij verderging. Haar hoofd bonkte. Haar ogen brandden van vermoeidheid en van het huilen.

Ze had zich heel even haar vader proberen voor te stellen als iemands beste vriend en toen had mevrouw Finster iemand meegebracht om kennis te maken en was Edward Hunter naar de achtergrond verdwenen.

Nu dacht ze eraan terug. Hoe kon Edward Hunter beweren dat hij haar vaders beste vriend was, als ze zijn naam nog nooit had gehoord? Waarom had haar vader het nooit over hem gehad? Waarom had hij Edward Hunter nooit te eten gevraagd? Probeerde hij iets te verbergen? En zo ja, had het iets te maken met de vragen van rechercheur Wiley?

Zanny sliep heel onrustig en werd wakker met hoofdpijn en een weerzin tegen het bord roereieren dat mevrouw Finster voor haar neus zette.

"Ik begrijp hoe je je voelt, liefje," zei mevrouw Finster. "Ik kon een maand lang geen hap door mijn keel krijgen toen mijnheer Finster gestorven was. Ik werd graatmager. Ik had geen energie meer en belandde bijna in het ziekenhuis. Als ik mijn drie jongens niet had gehad, weet ik niet wat er van me zou zijn geworden. Ze deden me inzien hoezeer ze me nodig hadden."

Zanny knikte en dwong zichzelf een hap door te slikken, maar alleen omdat ze niet onbeleefd wilde zijn. Als mevrouw Finster er niet was geweest, zou Zanny niet hebben geweten waar ze naartoe kon. Het was een feit dat niemand Zanny nodig had. Het zou niemand wat kunnen schelen als ze zich uithongerde en in het ziekenhuis terechtkwam.

Nadat ze de ontbijttafel had opgeruimd, reed mevrouw Finster Zanny naar een kantoor boven een schoenwinkel in de hoofdstraat van de stad. "Ik ga naar de bakkerij," zei mevrouw Finster. "Hij is van mijn lieve vriendin Rose. Die zoete broodjes die iedereen zo lekker vond gisteren, kwamen van haar. Je komt me daar maar halen als je klaar bent." Zanny knikte en klom de trappen op naar een lange gang. Ze moest zich even oriënteren. Toen vond ze de deur die ze zocht: William Sullivan, notaris. Mijnheer Sullivan kwam haar hoogstpersoonlijk begroeten bij de deur. Hij was een man met grijs haar, diepe rimpels en levendige blauwe ogen. Hij greep haar hand stevig vast, schudde hem en zei, "Blij kennis met je te maken, Alexandra. Jammer dat het in deze omstandigheden moet gebeuren. Ik vind het vreselijk wat er met je vader is gebeurd. Hij was een goed man." Hij had een aangename glimlach. "Kan ik iets te drinken halen voor je? Een kop thee, misschien?"

"Nee, dank u."

"Nou, dan kunnen we misschien gewoon naar mijn kantoor gaan en ter zake komen. Ik weet dat de meeste mensen zich niet bepaald verheugen op de lezing van een testament, maar het moet gebeuren. Er moet orde op zaken worden gesteld, vind je niet, Alexandra?"

Zanny knikte. Op het ogenblik dat ze mijnheer Sullivan naar zijn kantoor wilde volgen, zwaaide de deur van de gang open. Rechercheur Wiley kwam binnen, schuurde langs Zanny door en klapte zijn politiebadge open voor mijnheer Sullivan.

"Ik kom voor de lezing van het testament," zei hij.

Mijnheer Sullivans blauwe ogen keken grimmig toen hij de politiebadge bekeek. Hij keek Wiley streng aan.

"In dat geval zou ik het bevelschrift daarvoor willen zien."

"Er loopt in mijn departement een onderzoek naar uw cliënt... ex-cliënt," zei Wiley. "Als u een officieel bevelschrift wilt zien, zal ik er een gaan halen. Maar het zou veel eenvoudiger zijn als u mij bij de lezing laat zitten."

"De wet is niet geschreven om het u makkelijk te maken, mijnheer Wiley," antwoordde mijnheer Sullivan. "Laat me een bevelschrift zien en u kunt blijven. Anders, geen testament."

Wiley's zwarte ogen boorden zich in die van de oude notaris.

"Laat ik dit duidelijk stellen," zei hij. "Ik krijg dat bevelschrift en ik zal dat document zien."

Mijnheer Sullivan glimlachte minzaam. "Zolang het allemaal volgens de regels van de wet gebeurt."

Nadat Wiley was vertrokken, draaide mijnheer Sullivan zich naar Zanny en zei onverstoorbaar: "Zullen we dan maar?" Hij leek niet in het minste onder de indruk dat hij oog in oog had gestaan met een lid van de federale politie. Zanny vroeg zich af of hij zijn bezoek had verwacht.

"Weet u wat dit allemaal te betekenen had, mijnheer Sullivan?" vroeg Zanny.

Mijnheer Sullivan haalde zijn schouders op.

"De autoriteiten vinden je vader blijkbaar interessant om de een of andere reden."

"Maar weet u waarom?"

"Nee, geen idee. En ik zie ook niet in waarom ze jou daarbij moeten betrekken, behalve als ze een reden hebben om ook in jou geïnteresseerd te zijn."

Zanny schudde ontsteld haar hoofd.

"Ik ben er zeker van dat Wiley opnieuw zal komen opdagen," ging mijnheer Sullivan verder. "Bij jou waarschijnlijk ook. Maar Zanny, als hij komt, moet je steeds nagaan of wat hij wil ook wel wettelijk is. Bij de minste twijfel bel je me maar. Ik zal je met veel plezier vertegenwoordigen." Hij viste een visitekaartje uit zijn zak en gaf het haar. "Mijn privé-nummer staat er ook op, als hier niemand opneemt. Oké," zei hij en hij deed een stap opzij om haar in zijn kantoor binnen te loodsen, "zullen we een kijkje in het testament nemen?"

Hij leidde Zanny naar een grote leren stoel en ging zelf achter een mahoniehouten bureau zitten. Hij opende een van de laden van het bureau en nam er een dikke map uit. Zanny ving een glimp op van het etiket op de map. De naam van haar vader stond erop. De notaris haalde er een paar bladen papier uit en klapte de map weer dicht.

"Hebben al deze papieren met mijn vader te maken?" zei Zanny.

Mijnheer Sullivan knikte. "Ik behartigde alle wettelijke zaken van je vader."

"Wat voor zaken?"

Hij glimlachte raadselachtig. "Ik ben bang dat ik je dat niet mag vertellen, meisje. Ik heb zwijgplicht."

"Wat betekent dat?"

"Dat betekent dat alles wat ik voor je vader deed, vertrouwelijk is. Maar wees gerust, er is niets om je zorgen over te maken. Je vader was een voorzichtig man. Hij heeft alle nodige stappen ondernomen om ervoor te zorgen dat jij niets tekort zou komen als hem iets overkwam. En wat het testament betreft. Er is één ding dat je moet weten - nou, eigenlijk twee dingen - het eerste is dat je vader een omvangrijke levensverzekering had. Over geld zul je je zeker geen zorgen hoeven te maken. Het tweede is dat je vader een onderkomen voor je heeft gezocht voor als er iets met hem zou gebeuren."

Een onderkomen? "Hoe bedoelt u?"

"Hij heeft een voogd voor je aangesteld."

"Echt waar?" Zanny kon zich in de verste verte niet voorstellen wie dat wel mocht zijn.

"Ene Everett Lloyd uit Chicago," zei mijnheer Sullivan.

Het was een naam die Zanny nog nooit had gehoord.

"Wie is dat?"

Mijnheer Sullivan trok een wenkbrauw op. "Je kent hem niet?"

Zanny schudde haar hoofd.

"Juist, ja." Mijnheer Sullivan keek verbaasd. "Ik heb de politie op de hoogte gebracht. Ze gaan mijnheer Lloyd lokaliseren en contact met hem opnemen. Tot het zover is, zet je dat nog maar uit je hoofd. Ik zal het testament even voorlezen..."

Zanny luisterde maar half toen de oude notaris het document voorlas en uitlegde. Ze zat zich voortdurend af te vragen wie die Everett Lloyd kon zijn en waarom ze nog nooit de naam van de persoon had gehoord die haar vader genoeg vertrouwde om de verantwoordelijkheid voor de zorg van zijn enige dochter op zich te nemen. Had Everett Lloyd iets te maken met de drugsbrigade? Had hij iets te maken met het feit dat de drugsbrigade zo geïnteresseerd was in haar vader? Ze vroeg zich ook af wat voor andere zaken mijnheer Sullivan voor haar vader had behartigd en waarom hij op de aanwezigheid van de federale politie in zijn kantoor had gereageerd of het iets alledaags was.

✣ ✣ ✣

Nadat ze het kantoor van mijnheer Sullivan had verlaten, liep Zanny als in een roes naar de bakker. Mevrouw Finster stond op van een van de tafeltjes waar ze thee had zitten drinken en haastte zich naar haar toe.

"Meisje toch, gaat het?" zei ze. "Je bent zo bleek."

"Ik wil naar het ziekenhuis."

De oude vrouw keek gealarmeerd. "Waarom? Je bent toch niet ziek, hè?"

"Nee nee." Ze had zelfs niet beseft dat die woorden haar zouden ontsnappen. Ze had tot op dit ogenblik zelfs helemaal niet geweten dat ze naar het ziekenhuis wilde gaan. Het was gewoon tot haar gekomen, als een visioen. Ze was de straat overgestoken, in gedachten verzonken over haar vader en de begrafenis en Everett Lloyd, van wie ze nog nooit had gehoord en Edward Hunter, de beste vriend waar ze nog maar pas het bestaan van kende, toen ze opeens heel zeker wist dat ze naar het ziekenhuis moest gaan. Ze moest met Edward Hunter praten. "Ik wil gewoon..." Ja, wat eigenlijk?

"Ik wil gewoon zien waar mijn vader werkte."

De bezorgdheid op mevrouw Finsters gezicht vervaagde. Ze knikte. "Ik begrijp het, liefje," zei ze. "Ik rij je er wel even naartoe als je wilt."

Zanny knikte dankbaar. Het was een heel eind naar het ziekenhuis. Maar ze wilde mevrouw Finster niet tot last zijn, dus zei ze toen ze uit de auto stapte: "Ik kom wel met de bus naar huis."

"Neem je tijd maar, meisje. Ik zal ervoor zorgen dat je eten klaarstaat als je thuiskomt."

Toen ze door de hoofdingang van het grote regionale ziekenhuis naar binnen ging, probeerde Zanny zich haar korte gesprek met Edward Hunter te herinneren.

"Nee, ik ben geen dokter," had hij gezegd. "Ik ben bibliothecaris."

Ze vroeg de drukbezette verpleegster aan de balie waar de bibliotheek was. Hij bevond zich op de bovenste verdieping van de oude vleugel van het ziekenhuis, een vleugel die eruitzag of hij werd gerenoveerd of als hopeloos beschouwd. De twee verdiepingen die er net onder lagen, leken één grote werf met steigers en zeilen. Toen ze door de venstertjes in de deuren gluurde, viel het Zanny op hoe akelig stil het op die verdiepingen was; ze leken wel dood in vergelijking met het hectische geharrewar in de inkomhal. Onzeker volgde Zanny de instructies van de verpleegster en beklom ze de laatste trappen. Misschien had ze haar verkeerd begrepen. Misschien was ze ergens de verkeerde kant opgegaan.

Maar toen, helemaal bovenaan, zag ze een naambordje: bibliotheek, met een pijl die naar een deur wees. Zanny duwde hem open en wandelde langzaam door een goed verlichte, maar verlaten gang. En toen was ze er opeens, bij de ingang van een ruime, zonovergoten bibliotheek. Er zaten allemaal mensen aan de tafels, meestal in een witte jas; aan de balie zat een vrouw achter een computerscherm. Zanny liep naar haar toe.

"Pardon," zei ze. "Ik zoek de bibliothecaris."

De vrouw glimlachte vriendelijk. "Ik ben de bibliothecaresse. Ik ben Mary Letourneau."

Zanny schudde haar hoofd. "Ik zoek Edward Hunter."

"Ik ben bang dat mijnheer Hunter hier niet meer werkt," zei Mary Letourneau. "Hij is een paar weken geleden vertrokken."

"Weet u waar ik hem kan vinden?"

"Hij zou een opvangcentrum openen."

"Een opvangcentrum?"

"Een plaats voor kinderen die ernstig ziek zijn. Hij heeft dat oude huis in River Street gekocht." Ze reikte naar een telefoongids en begon erin te bladeren. "Ik ben er zeker van dat ik het adres voor je kan vinden. Tenminste," Ze zweeg. "Kan ik je misschien ergens mee helpen?"

"Mijn vader heeft hier gewerkt," zei Zanny. "Niet hier, niet in de bibliotheek. Hij was verpleger." Ze moest zich dwingen om het woord uit te spreken. Deze vrouw kon hem niet kennen. Ze was de bibliothecaresse. Wat wist een bibliothecaresse nou van een verpleger?

De vrouw fronste haar wenkbrauwen. "Jij bent de dochter van Mitch Dugan, hè?" Zanny knikte. "Ik vond het vreselijk toen ik hoorde wat er is gebeurd. Mitch kwam hier heel vaak, weet je. Ik denk dat hij bijna al zijn lunchpauzes hier boven doorbracht." Ze wees naar boven.

Zanny keek naar boven en zag hoe de zon het hele plafond oplichtte. Een galerij flankeerde drie zijmuren van de bibliotheek. Hij stond vol boekenrekken.

"Daar bewaren we alle oude boeken," legde Mary Letourneau uit.

"Het is zo'n beetje ons archief, eigenlijk. Je vader zat daar graag. In die hoek, meestal." Ze wees naar de middelste galerij, naar het meest verlichte plekje. "Hij zat daar graag te lunchen en wat te lezen."

Zanny vroeg zich af wat hem naar daar lokte. Ze probeerde

zich voor te stellen hoe haar vader elke dag de draaitrap op was gelopen en daar in zijn eentje had gezeten.

"Mag ik?" vroeg Zanny.

De bibliothecaresse glimlachte. "'Tuurlijk, ga je gang." Toen, voor Zanny kon wegwandelen, voegde ze eraan toe: "Je vader was een hele lieve man. Hij was het liefste alleen, maar hij was altijd vriendelijk. En de kinderen waren natuurlijk dol op hem."

"De kinderen?" Waar had ze het over?

"Van de tweede verdieping. De kinderafdeling. Als je vader niet hierboven zat om van de rust te genieten, zat hij op de tweede verdieping. De kinderen daar kunnen wel wat vrolijkheid gebruiken en je vader kon altijd een lach op hun gezicht toveren."

De telefoon rinkelde. Mary Letourneau nam de hoorn van de haak. "Neem zoveel tijd als je nodig hebt," zei ze tegen Zanny.

Zanny beklom de trap naar de middengalerij. Van daarboven, in het zonlicht, kon ze de hele bibliotheek beneden zien. Met het zonlicht twee meter boven haar hoofd, zag ze de helderblauwe hemel en de boomtoppen op de heuvels. Nu wist ze waarom haar vader van deze plek hield. Er ging een magische rust van uit, een troostende vrede. Ze had hem zich nooit op een plek als deze voorgesteld. Ze had er nooit zo over nagedacht wat hij op zijn werk deed. En ze had zeker nooit gedacht dat hij op bezoek zou gaan op de kinderafdeling.

De bibliothecaresse had gezegd: "Die kinderen kunnen wel wat vrolijkheid gebruiken en je vader kon altijd een lach op hun gezicht toveren." Nog zoiets dat Zanny haar vader niet zag doen: een bende kinderen opvrolijken. Ze besloot eens langs te gaan op die afdeling, zodat ze kon zien waar hij zijn tijd verder had doorgebracht.

Ze liep terug door het verlaten trappenhuis en de lange gang die de westvleugel met de rest van het ziekenhuis verbond.

De tweede verdieping was zonnegeel geschilderd en versierd met reuzegrote tekenfilmhelden in helder rood en groen en blauw. In een kleurrijke kamer stonden acht bedden; in de twaalf andere kamers in de gang stonden telkens twee bedden. Bijna allemaal waren ze bezet.

"Pardon," zei een stem achter Zanny. "Kan ik u helpen?"

Zanny draaide om haar as en zag een verpleegster in een wit uniform die vriendelijk naar haar glimlachte. Er flikkerde herkenning in haar blik.

"Jij bent de dochter van Mitch Dugan, hè?" zei ze. "Ik heb je gezien op de..." Opeens zweeg ze. Ze glimlachte opnieuw. "Kan ik je ergens mee helpen?"

Zanny staarde de vrouw hulpeloos aan. Opeens wist ze niet meer wat ze wilde zeggen; ze had geen idee hoe ze kon uitleggen waarom ze hierheen was gekomen.

"Je vader kwam hier heel vaak," zei de verpleegster. "Hij kon zo goed opschieten met de kinderen."

Weer kon Zanny er maar niet bij. Thuis had haar vader de buren nauwelijks gegroet. Hij had wel tien keer een etentje bij mevrouw Finster afgeslagen. En nu zeiden ze dat diezelfde man, de man van wie ze altijd had gedacht dat hij een eenling was, zijn tijd doorbracht bij zieke kinderen. Hij had ze laten lachen.

"Ik weet niet hoe hij het deed," ging de verpleegster verder. "Het was een gave, denk ik. Er was geen enkel kind waar hij geen glimlach aan kon ontlokken. En deze kinderen hebben dat echt nodig."

De manier waarop ze dat zei, deed Zanny denken aan wat de bibliothecaresse had gezegd.

"Hoe bedoelt u?" vroeg Zanny. "Wat is er dan met die kinderen?"

De verpleegster zweeg even. Toen zei ze: "De kinderen op deze afdeling hebben allemaal kanker. Veel van hen zullen nooit meer naar huis gaan."

✤✤✤

Het ziekenhuis lag vijf kilometer van mevrouw Finsters huis. Terwijl Zanny erheen wandelde, probeerde ze te verwerken wat ze over haar vader had gehoord. Er was zoveel dat een mysterie bleef, zoveel dat ze wilde weten, zoveel dat haar dwarszat. Ze wou dat ze alles kon weten over haar vader. Maar de pijn in haar hart vertelde haar dat het daar te laat voor was.

## 5

"Onzin," zei mevrouw Finster. "Wat is er nou lekkerder dan een broodje tonijn? Er zitten veel proteïnen in tonijn. Een jong meisje als jij, dat zoveel heeft meegemaakt, heeft proteïnen nodig. Je moet sterk blijven. Ga zitten. Drink wat sap. Ik ben zo terug."

Zanny opende haar mond om weer tegen te stribbelen, maar de telefoon rinkelde. Mevrouw Finster haastte zich naar de keuken om op te nemen.

Zanny nam haar glas sap. Ze zou op school moeten zitten. Ze had zich niet moeten laten ompraten om een tijdje weg te blijven. Mevrouw Finster hing elke minuut om haar heen. "Ik kom gewoon even kijken hoe het met je gaat," zei ze dan. "Ik kom gewoon even kijken of je alles hebt wat je nodig hebt."

Zanny was dankbaar dat mevrouw Finster haar in huis had genomen. Ze kon zich zelfs niet voorstellen waar ze nu zou zijn als mevrouw Finster haar niet had aangeboden om een tijdje bij haar te komen wonen. Een tijdje. Zanny vroeg zich af hoe lang dat zou zijn. Hoe lang zou het duren voor de politie de mysterieze Everett Lloyd had gelokaliseerd? Wat zou er gebeuren als ze hem niet konden vinden? Ze kon toch niet voorgoed bij mevrouw Finster blijven. Maar waar dan wel?

Ze wou dat ze op school was en tegelijkertijd was ze blij dat ze er niet was. Ze had eens op school gezeten met een jongen van wie de vader was gestorven en ze had gezien hoe iedereen hem had gemeden in het begin. "Heb je gehoord wat er is gebeurd?" fluisterden ze tegen elkaar. "Zijn vader is aan kanker gestorven." Ze bleven uit zijn buurt omdat ze niet wisten wat ze moesten zeggen. "Wat zeg je tegen iemand als zijn vader dood is?" Alsof dat het belangrijkste was, wat zij moesten zeggen. Die jongen voelde zich vreselijk rot omdat zijn vader dood was.

En dus was Zanny niet naar school gegaan. Maar ze kon niet eeuwig onder het alziende oog van mevrouw Finster blijven. Ze keek uit het raam van de eetkamer, over haar gazon naar de haag van kamperfoelie en achter die haag over het weidse open veld naar de verzorgde rode bakstenen muur van haar eigen huis. Als ze daar niet thuishoorde en hier niet kon blijven, waar moest ze dan heen? Waar zou ze terechtkomen? Woonde de mysterieuze Everett Lloyd nog steeds in Chicago? Zou ze bij hem moeten wonen? Zou hij wel voor haar willen zorgen? Was hij getrouwd? Had hij zelf kinderen? Leefde hij nog wel? Ze staarde naar haar eigen huisje en vroeg zich af wat er nog zou komen. Wat zal er nog meer met me gebeuren?

Een man beende de oprit van haar huis op alsof hij er thuis was. Zanny liep naar het raam om hem beter te zien. Het was rechercheur Wiley. Wat deed die daar? Hij stopte bij de voordeur en probeerde de klink. Zanny schudde haar hoofd. Dacht hij nou echt dat ze weg was gegaan zonder de deur af te sluiten?

Ze keek toe hoe Wiley iets uit zijn zak haalde. Ze kon niet meteen zien wat het was. Maar ze kon het afleiden uit zijn handelingen. Hij had een sleutel. Op de een of andere manier was hij erin geslaagd om een sleutel van haar huis te bemachtigen en hij draaide de deur open.

Zanny gluurde de keuken in. Mevrouw Finster was nog steeds aan de lijn, waarschijnlijk had ze weer een eindeloos gesprek met haar zus Minnie. Die twee konden de dag blijkbaar niet doorkomen zonder elkaar om de haverklap te bellen. Zanny liep mevrouw Finsters voordeur uit en rende over het veld naar haar eigen huis. Wie dacht die man wel dat hij was? Hij kon haar huis niet zomaar binnengaan zonder toestemming. Hij had het recht niet. Haar woede droeg haar de trappen op. Toen ze de klink vastpakte om de deur open te duwen, viel er binnen iets stuk. Rechercheur Wiley had iets kapotgemaakt, iets dat niet eens van hem was. Zanny duwde de deur open en ging naar binnen. Door de deur die naar de keuken leidde, zag ze Wiley op zijn hurken de scherven van de gebroken suikerpot van de vloer rapen. Hij keek verschrikt op toen ze de drempel over kwam. Hij was niet verrast om haar te zien.

"Wie we daar hebben, Zanny," zei hij terwijl hij overeind kwam. "Wat doe jij hier?"

Zanny's woede bereikte het kookpunt. Wat zij hier deed? En hij dan? Waar haalde hij het recht vandaan om als een olifant in een porseleinkast door de keuken te banjeren en haar vaders spullen te breken?

Rechercheur Wiley volgde haar blik naar de gebroken suikerpot.

"Het spijt me," zei hij. "Je zult me wel niet geloven, maar ik geniet hier niet van, hoor. Ik zou ook liever gaan vissen dan je huis doorzoeken."

Ze keek hem misprijzend aan. "Dacht u echt dat u wat zou vinden in mijn suikerpot?"

Wiley haalde zijn schouders op. Hij keek haar schaapachtig aan. "Het lijkt wel een scène uit een oude film, hè?"

"Een hele slechte oude film," beet ze terug.

"Het is nu eenmaal een feit dat je in de suikerpot van sommige mensen de vreemdste dingen vindt."

Wat had hij willen ontdekken? "Wat wil hij van mijn vader?" had ze aan mijnheer Sullivan gevraagd. "Wat wil de drugsbrigade in godsnaam van mijn vader?"

"Er is maar één manier om daar achter te komen," had mijnheer Sullivan gezegd. "En dat is het gewoon op de man af te vragen."

Zanny had gehuiverd bij de gedachte. Wiley werkte voor de staatsveiligheid. Hoe kon ze hem dat nou vragen? Maar nu ze in zijn zwarte ogen keek, dacht ze, hoe kan ik het hem niet vragen?

"Wat wilt u eigenlijk?" vroeg ze bits. "Wat zoekt u?"

Wiley raapte de laatste scherf van de suikerpot op en gooide hem in de vuilnisbak. "Je weet nooit wat je zult vinden als je begint te zoeken."

Ze geloofde hem niet. Je liep niet zomaar iemands huis binnen om de boel binnenstebuiten te keren als je geen idee had wat je eigenlijk zocht.

"U vertelt me nu waar u naar op zoek bent, of ik bel de politie en zeg dat ik u heb betrapt op inbraak."

Rechercheur Wiley glimlachte welwillend. "Je kunt de politie niet op me afsturen, Zanny," zei hij. "Ik ben de politie. Kijk, ik weet dat dit jouw huis is. Dat respecteer ik. Maar ik moet mijn werk doen. En mijn beste advies is: laat me mijn werk doen. Als je tegenwerkt, bel ik de politie en laat ik je arresteren omdat je het onderzoek dwarsboomt."

Zanny beefde van woede en angst. Ze wilde hem het huis uit. Meer nog, ze wilde antwoorden.

"Wat doet u hier? Wat bent u aan het onderzoeken? Waar verdenkt u mijn vader van?"

"Dit is een vertrouwelijk onderzoek. Ik hoef je niks te vertellen. Maar ik ga het toch doen, Zanny, omdat ik vind dat je het recht hebt om het te weten."

Zijn inschikkelijkheid verraste haar. Opeens wist ze niet meer of ze het wel wilde weten.

"Is het je nooit opgevallen," vroeg hij, "dat jij en je vader wel erg vaak zijn verhuisd? Ja, toch? Ik wed dat je op meer plaatsen hebt gewoond dan je je kunt herinneren."

Zanny zei niets. Wiley knikte. "Ik wed dat je vader ook niet makkelijk vrienden maakte," zei hij. "En als jij vrienden maakte, wed ik dat hij altijd honderd vragen over ze stelde, niet?"

Zanny probeerde onverschillig te kijken. Maar dat was niet makkelijk. Hij leek zo zeker van zijn stuk.

Wiley bekeek haar goedkeurend. "Hoe oud ben je nu, Zanny? Vijftien? Zestien?"

"Zestien."

"Nou, in dat geval wed ik dat jij en je vader heel wat hebben afgeruzied de laatste tijd. Je bent op een leeftijd gekomen dat je meer uit dan in huis wilt zijn, dat je vaker bij je vrienden wilt zijn. Maar ik wed dat je vader dat niet zo leuk vond. Hij wilde elke minuut van de dag weten waar je was en met wie, niet? Ik wed dat hij flipte als je maar een minuut te laat thuiskwam."

Zanny werd bleek van woede en verbijstering. Hoe kon hij zoveel weten over haar en haar vader?

"Hebt u ons bespioneerd?" vroeg ze.

Wiley schudde zijn hoofd. "Een paar dagen geleden wist ik niet eens waar je was. Ik dacht zelfs dat je het land uit was. Ik denk dat iedereen dat dacht."

"Iedereen?" Waar had hij het over? "Wie is iedereen?" vroeg ze. "Wat wil de drugsbrigade van mijn vader?"

"Er waren een heleboel mensen op de begrafenis," zei Wiley. Hij had een trage, rustige manier van praten, alsof hij op een lui dagje uit met zijn vrienden was. Dat stond in schril contrast met wat hij zei: "Ik veronderstel dat een heleboel mensen erg op hem waren gesteld."

Zanny voelde dat het een valstrik was. "Dat zal dan wel," zei ze voorzichtig.

"Ik vraag me af wat al die lieve mensen zouden denken als ze wisten dat Mitch Dugan niet degene was voor wie hij zich uitgaf."

Weer stelde ze een vraag waarvan ze niet goed wist of ze het antwoord wel wilde horen. "Hoe bedoelt u?"

"Ik zal je vertellen wat ik zoek, Zanny. Ik zoek tien miljoen."

"Wat?"

"Dat heb je goed gehoord. Tien miljoen dollar. De tien miljoen dollar die je vader heeft gestolen. Je kijkt verbaasd. Of je bent een rasactrice, of je wist het echt niet. Je vader is niet wie je dacht dat hij was, Zanny. Zijn naam was niet Mitch Dugan. Zijn echte naam was Michael Alexander. Jouw echte naam is Melissa Alexander. De reden waarom jullie zo vaak zijn verhuisd, is dat je vader op de vlucht was, voor de overheid en voor een van de beruchtste gangsterfamilies van het land. Ik vind het verschrikkelijk dat ik het je moet vertellen, maar het is een feit dat je vader een misdadiger was. Een gevaarlijke gangster."

Nee. Nee, dat kon niet waar zijn. Hij had het mis. Of hij had de verkeerde voor, of hij loog. Maar hij stond hier wel voor haar, met zijn drugsbrigade-badge en de sleutel van haar huis - die hij van de lokale politie moest hebben gekregen - en met de harde feiten. Die feiten waren het ergste. Ze hadden haar helemaal van haar stuk gebracht. Hij wist hoe haar vader redeneerde; hij wist dingen over hun privé-leven die niemand anders wist.

"Je zou er goed aan doen om me te helpen het gestolen geld te vinden," ging Wiley verder. "Je zou er ook goed aan doen om dit strikt vertrouwelijk te houden. We zouden dit zo onopgemerkt mogelijk willen doen. We zouden niet willen dat de Pesci's erachter komen dat we Michael Alexander hebben gevonden."

"De Pesci's?"

"De slechteriken. De gangsterfamilie waar je vader het geld van heeft gestolen. Als die wisten dat je vader hier was, zouden ze het huis meteen belegeren en het geld komen zoeken. En dan zou jouw leven in gevaar komen. Die lui zouden er niet voor terugschrikken om je neer te knallen als ze dachten dat je wist waar die tien miljoen verborgen lag."

Zanny staarde hem aan, haar maag keerde zich om. Ze had een hekel aan deze man: ze had een hekel aan wat hij haar vertelde.

"U bent van plan om dit huis helemaal te doorzoeken?" zei ze terwijl ze moest vechten om haar stem niet te laten trillen.

"Van boven tot beneden en overal daartussen."

Hij was van de federale politie. Zanny kon helemaal niets tegen hem beginnen, behalve - zoals mijnheer Sullivan had geadviseerd - erop toezien dat hij het spel volgens de regels speelde.

"Ik wil uw huiszoekingsbevel zien," zei Zanny.

"Doe jezelf een lol, Zanny. Ga nou maar weg en laat mij mijn werk doen."

Zanny hield voet bij stuk. "Ik zou toch dat huiszoekingsbevel willen zien, als dat kan," herhaalde ze. "Ik weet dat u niet zomaar kunt binnenvalllen in een privé-woning en het binnenstebuiten kunt keren zonder een officieel document."

"Kijk, ik begrijp hoe je je voelt..." De nijdige irritatie in zijn stem deed Zanny goed. Hij gaf haar moed.

"Of u laat me nu dat huiszoekingsbevel zien, mijnheer Wiley, of ik haal de politie erbij. Dat u zelf bij de politie bent, betekent niet dat u de wet mag overtreden."

Wiley keek haar dreigend aan. Zanny tastte in de zak van haar spijkerbroek naar het kaartje dat William Sullivan haar had gegeven. Ze deed een stap naar de telefoon.

"Kijk, meisje, ik heb persoonlijk niks tegen je vader. Ik wil gewoon mijn werk doen en dan ben ik weer weg."

Zanny nam de hoorn van de haak en begon het nummer te toetsen. Wiley keek haar aan. Toen ze drie nummers had ingedrukt, schudde hij verslagen zijn hoofd. "Oké," zei hij. "Oké, maar je maakt jezelf iets wijs als je denkt dat ik geen huiszoekingsbevel zal krijgen. En je maakt jezelf iets wijs als je denkt dat ik niet terug zal komen. Ik moet mijn werk doen en ik ben van plan het te doen ook."

Zanny beefde toen ze hem het huis uit zag lopen.

“Wat een knappe jongen,” zei mevrouw Finster. Ze glimlachte over Zanny’s schouder naar Nick die in de hal stond. “Kon je vader goed met hem opschieten?”

Zanny keek naar Nick en vroeg zich af wat haar vader zou hebben gedacht.

“Hij heeft Nick nooit ontmoet.”

“Ach zo,” zei mevrouw Finster. “Nou, hij lijkt me een aardige jongen. Zo beleefd. Ik wist niet dat de jeugd van tegenwoordig zo beleefd was. Je ziet zo vaak jongens die denken dat het stoer staat om onbeschoft te zijn.” Ze glimlachte nog een keer naar Nick. “Moest je van je vader op een bepaalde tijd thuis zijn?”

“Halftien,” antwoordde Zanny.

“Halftien?” Mevrouw Finster leek verbaasd. “Nou, als je vader daarop stond...” Ze keek weer naar Nick en haar trekken verzachtten. “Om elf uur thuis, Zanny. En jij,” zei ze tegen Nick, “jij zorgt goed voor haar en maakt dat ze op tijd thuis is. Elf uur en geen minuut later.”

Nick knikte. Toen hij en Zanny samen de oprit van mevrouw Finster afwandelden, vroeg hij: “Waar heb je zin in? Een film? Een etentje? Rolschaatsen?”

“Rolschaatsen?” Om de een of andere reden kon ze zich Nick niet voorstellen op een rolschaatsbaan.

“Ik zeg maar wat,” zei hij. Hij leidde haar naar een zwarte Toyota en opende het passagiersportier voor haar. Toen hij zich achter het stuur liet glijden, zei ze: “Rolschaats jij echt?”

Hij haalde zijn schouders op en leek verlegen. “Ik ben niet meteen Olympisch kampioen rolschaatsen, als je dat bedoelt.”

“Op de Olympische Spelen wordt er niet gerolschaatst,” zei Zanny. “Het is geen Olympische discipline.”

“Oké, oké. Dom idee, dus. Ik dacht gewoon... ik ben zo slecht in rolschaatsen dat ik je er misschien nog mee zou kunnen laten lachen. Ik heb de indruk dat je dat wel kunt gebruiken."

Zanny voelde zich helemaal warm worden vanbinnen. Hij was zo lief. Ze kende hem nog niet lang, maar toch was hij de enige van de hele school die haar was komen opzoeken. Hij was de enige die niet bang was om te worden geconfronteerd met haar verdriet. Het Zwemkwartet was de stad uit, naar de zwemmeeting, maar Zanny had het gevoel dat ze ook niet bepaald waren komen aansnellen als ze wel thuis waren geweest. Ze zouden zich onwennig hebben gevoeld. Ze waren tenslotte geen echte vrienden, in elk geval niet het soort vrienden dat telde. Ze vroeg zich af wat Nick zou zeggen als ze hem vertelde wat ze het allerliefste zou doen, vanavond. Er was maar één manier om daarachter te komen.

"Nick?"

Hij keek haar aan met zijn lieve chocolade ogen.

"Nick, kunnen we niet naar de bibliotheek gaan?"

"De bibliotheek?" Hij klonk verbaasd. "Jezus, Zanny, ik weet dat de examens in aantocht zijn, maar de bibliotheek? Ik had eigenlijk gehoopt dat we een beetje plezier konden maken."

"Het is belangrijk, Nick. Ik wil iets vinden." Ze had lopen broeden op wat rechercheur Wiley had gezegd. Ze wilde hem niet geloven; ze wilde zelfs bewijzen dat hij het mis had. Ze had nagedacht over haar vader en over het vreemde leven dat hij had geleid. Ze wilde zo graag geloven dat daar een redelijke verklaring voor was, een verklaring die niks te maken had met tien miljoen dollar. Ze was tot de conclusie gekomen dat er maar één manier was om achter de waarheid te komen. "Ze hebben toch een archief van oude kranten in de bibliotheek, hè?"

"Denk ik wel, ja." Nick fronste zijn wenkbrauwen. "Waarom? Ben je bezig met een project voor geschiedenis of zo?"

Zanny aarzelde. Wiley had haar bezworen om het niemand te vertellen. Zelfs als hij dat niet had gedaan, was ze niet zeker of ze klaar was om het iemand te vertellen. Trouwens, wie zei dat ze zou vinden wat ze zocht?

"Het geeft niet als jij geen zin hebt om naar de bibliotheek te gaan," zei ze terwijl ze naar de hendel van het portier reikte. "Maar ik moet er echt naartoe, hoe sneller hoe beter. Luister, ik ben op dit ogenblik toch geen aangenaam gezelschap. Ik ga er nu gewoon heen en dan bel ik je morgen wel, oké?" Ze opende het portier.

Nick reikte over haar heen en trok de deur weer dicht Zanny sprong op door die onverwachte beweging.

"Als je naar de bibliotheek wilt, dan gaan we naar de bibliotheek. Geschiedenis is nooit mijn beste vak geweest, maar voor jou doe ik alles."

Zanny glimlachte toen Nick de sleutel in het contact draaide.

✣✣✣

Met de hulp van de bibliothecaris vond Zanny rekken met dikke ingebonden kranten en een muur vol kasten met smalle laden. Elke la was gevuld met tientallen spoelen microfilm; elke spoel bevatte tientallen artikels.

"De microfilmlezers staan hier," zei de bibliothecaris. "Als je iets vindt dat je zou willen kopiëren, we hebben een kopieerapparaat voor microfilms. De instructies hangen ernaast op de muur. Als je hulp nodig hebt, kom je me maar halen."

Zanny knikte zonder haar ogen van de laden af te wenden. Er waren er honderden. Wie had ooit gedacht dat de openbare bibliotheek van zo'n klein stadje zoveel kranten zou hebben?

"Indrukwekkende verzameling, hè?" zei de bibliothecaris trots. "Anderson Bentley is hier geboren. Hij is de uitgever van een van de grootste dagbladenketens in het land. Mijnheer Bentley is ervan overtuigd dat kranten de archivarissen van de maatschappij zijn, de geschiedschrijvers die erbij waren. Hij schonk deze bibliotheek een royale brok geschiedenis. Wij hebben een van de mooiste verzamelingen Bentley-kranten van het land. Als je begint met de indexen, weet ik zeker dat je geen problemen zult hebben om te vinden wat je zoekt. Als je tenminste niet op zoek bent naar iets van meer dan tien jaar geleden." De bibliothecaris glimlachte. "Jammer genoeg heeft niemand mijnheer Bentley ooit de voordelen van indexering uitgelegd. Zijn kleinzoon is daarmee begonnen na zijn dood, maar er waren geen middelen om regressief te indexeren."

"En als we iets willen opzoeken dat meer dan tien jaar geleden is?" vroeg Zanny.

"Dan moet je op de microfilms zelf zoeken," antwoordde de bibliothecaris. "Als je het jaar en de maand kent, gaat het vlot."

Nadat de bibliothecaris hun alleen had gelaten, vroeg Nick: "Wat zoeken we eigenlijk?"

Zanny staarde naar de laden. "Ik weet het niet goed." Ze had er niet genoeg over nagedacht. "Als iemand, ik zeg maar iets, tien miljoen dollar had gestolen, zou dat belangrijk zijn? Ik bedoel, zouden we er dan iets over horen?"

"Wij? Je bedoelt jij en ik?"

"Ik bedoel, zou het nieuws zijn? Zou het in de krant komen?"

Nick keek verbijsterd. "Als iemand tien miljoen dollar had gestolen? Wie dan?"

Ze schudde ongeduldig haar hoofd. "Als iemand tien miljoen dollar had gestolen, zouden jij en ik dat dan kunnen lezen in de krant?" Ze wist niet hoe ze haar vraag nog duidelijk kon maken.

"Nou, ja," zei hij langzaam. Hij begreep er nog steeds niets van. "Ja, ik denk het wel."

"Als een man in deze staat dat had gedaan, zou het dan hier in de krant staan?"

"Tien miljoen? Volgens mij wel. Dat is een boel geld."

"En als het in een andere staat was gebeurd?"

"Wat?"

Want, als het was gebeurd, was het waarschijnlijk ergens

anders gebeurd. Haar vader zou niet zo vaak zijn verhuisd om zich uiteindelijk te vestigen in de staat waar hij de misdaad had gepleegd - als hij het had gedaan, natuurlijk.

"Als iemand tien miljoen zou hebben gestolen in een andere staat, zou dat hier dan in de krant staan?"

"Ja, dat denk ik wel. Zanny, ga je me nou eindelijk vertellen wat er aan de hand is?"

Het was heel veel geld. Vooral omdat het ook al zo lang geleden was gebeurd. Maar hoe lang precies? Zij en haar vader waren zolang als ze zich kon herinneren steeds opnieuw verhuisd, wat betekende dat het moest zijn gebeurd zonder dat ze er iets van had gemerkt - als, zo berispte ze zichzelf, het al was gebeurd. Dus kon het om het even wanneer in de afgelopen vijftien, zestien jaar zijn gebeurd. Ze keek naar de rekken vol indexen, de laden vol microfilms en toen naar Nick.

"Wil je me helpen?" vroeg ze.

Hij knikte zonder aarzelen. "Ik weet niet waarom. Ik weet zelfs niet wat je zoekt. Maar natuurlijk wil ik je helpen."

"Ik leg het je nog wel eens uit. Beloofd. Maar niet nu. Later, oké?"

"Oké," zei Nick.

Ze was hem zo dankbaar.

"De indexen zullen ons niks vooruit helpen," zei Zanny. "Wat we zoeken is veertien of vijftien jaar geleden gebeurd. We zullen de microfilms moeten bekijken. Neem jij de kranten van de Westkust? Dan neem ik die van de Oostkust."

Hij tuurde op de kasten tot hij de la had gevonden die hij zocht, liep er naartoe en trok hem met een ruk open.

"Wat zoeken we eigenlijk?"

"Alles over een overval van tien miljoen."

Nick knikte en droeg een paar spoelen naar een van de microfilmlezers.

Wat moet hij wel denken, vroeg Zanny zich af. Waarschijnlijk dat ik geschift ben. Hij kende haar nauwelijks, ze hadden hun allereerste afspraakje - nou, het was in elk geval de allereerste keer dat ze samen uitgingen, alleen met z'n tweeën - en waar had ze hem naartoe gesleurd? Naar de bibliotheek. En ze had de hele tijd lopen ratelen over overvallen van tien miljoen. Hij dacht vast dat ze gek was en toch stak hij een spoel microfilm in een lezer en was hij bereid om te doen wat zij wilde. Wat ofwel betekende dat hij de liefste jongen van de hele wereld was, of dat er iets ernstigs mis was met hem.

"Nick?"

Hij keek op en glimlachte naar haar.

"Ik stel dit heel erg op prijs."

Ze werkten zij aan zij en zwengelden spoel na spoel over hun scherm. Zanny stond er versteld van dat ze zich nog zoveel gebeurtenissen kon herinneren, dingen waar ze haar vader over had horen praten en die ze altijd als een ver verleden beschouwde. Ze zou ze dolgraag helemaal hebben gelezen, maar ze moest verder, zeker als ze nog zoveel mogelijk spoelen wilde doornemen voor de bibliotheek sloot. Ze had alleen tijd om de koppen vluchtig te lezen. Toen ze klaar was met de eerste spoel en een tweede had opgelegd, las ze zelfs de koppen niet meer allemaal. Ze wist precies in welke delen van de krant het soort artikelen stond dat ze zocht en welke delen tijdverspilling waren. Ze had de tweede spoel in de helft van de tijd doorgenomen en merkte tot haar blijdschap dat Nick gelijke tred met haar hield.

"Ik heb niks gezien dat ook maar in de buurt komt van een buit van tien miljoen," zei hij. "Maar ik heb een bankoverval van één miljoen gezien, in Texas. Het was geen groot verhaal, maar het was er een. Dus ik veronderstel dat als ik iets vind over één miljoen dat zo ver weg is gebeurd, ik ook wel iets zal vinden over tien miljoen als er iets over is geschreven." Hij glimlachte, draaide zich terug naar zijn scherm en begon een volgende spoel door te nemen.

Zanny keek hem een ogenblik dankbaar aan. Ze kon niet geloven dat dit haar overkwam, dat ze het geluk had om hem als vriend te hebben.

Ze begon weer vol goede moed aan haar eigen werk, met meer hoop dat ze wel degelijk iets zou kunnen ontdekken dat bewees dat Wiley ongelijk had. Ze lazen in stilte verder, naast elkaar. Na een tijdje riep een stem zachtjes bij de deur.

"Tien minuten," zei de bibliothecaris. "We sluiten binnen tien minuten."

Tien minuten. Dat was niet veel, dat was nooit genoeg. Zanny draaide een beetje sneller met de hendel, sloeg nog maar eens een katern economie, sport en mode over.

Nick rekte zich uit in zijn stoel. "We kunnen morgen nog altijd terugkomen. Dat wil ik best. We kunnen komen zodra de bibliotheek opengaat en de hele dag blijven."

"En de school dan?"

Hij haalde zijn schouders op. "Wat is daarmee? Wat is er nou belangrijker, Zanny? Dit of de school?"

"Ik zou niet willen dat je ruzie krijgt met je vader."

"Wat niet weet, niet deert. Wat denk je, hebben we een afspraakje?"

Ze knikte. "Maar je kunt toch ook na school komen," zei ze. "Ik wil niet dat je spijbelt voor mij, Nick."

"Maar..."

"Het ziet ernaar uit dat dit langer zal duren dan ik dacht. Na school, oké?"

Hij zuchtte en knikte. "Oké, na school dan." Hij stond op. "Ik ben zo terug. Ik moet, euh, even naar het kleinste kamertje." Voor hij wegging, boog hij zich vooorover en kuste hij haar vluchtig op de wang.

Zanny's hart zong terwijl ze hem weg zag lopen. De herinnering aan zijn lippen deed haar helemaal tintelen. Ze waren zo zacht, zo warm. Ze glimlachte toen ze zich omdraaide om haar eigen spoel uit de lezer te halen. Toen dacht ze: ik kan nog wel een paar dagen doen voor hij terugkomt.

Haar oog viel er bijna meteen op en ze spoelde het bijna meteen ook weer verder. Het was geen lang artikel, maar het was ook niet kort. Er stond een foto bij. Ze las het snel en keek naar de foto. Toen draaide ze verder, naar de volgende bladzijde en de volgende en de volgende. Niets. Ze vond geen woord meer over het incident.

Ze keek rond. Nick was nog niet terug. Snel haalde ze de spoel uit de lezer, droeg hem naar het enige microfilmkopieerapparaat en stak hem op de klos. Toen ze in haar portefeuille voelde naar een paar munten, keek ze naar de foto op het scherm. Toen stak ze de munten in de gleuf en duwde op de knop. Bijna onmiddellijk had ze een kopie op papier.

Achter haar hoorde ze voetstappen dichterbij komen.

Nick.

Zanny vouwde het blad papier snel op. Ze wist eigenlijk niet waarom, behalve dat ze wist dat dit iets was dat ze nog met niemand kon delen, zelfs niet met Nick, nog niet. Ze stopte het opgevouwen blad papier in haar handtas en haalde de spoelen snel uit het kopieerapparaat. Ze draaide de spoel verder op met de hand en duwde hem terug in zijn doos, toen Nick bij haar kwam.

"Klaar om te vertrekken?" vroeg hij.

Ze knikte.

In plaats van rechtstreeks terug naar mevrouw Finster te gaan, dronken ze nog iets in een snackbar die Nick kende. Zanny wist niet hoe het kwam, maar ze begon te praten over haar vader, vooral over alle goede dingen die ze zich herinnerde. Hij was een vreemde vader geweest, maar geen slechte en opeens vond ze het belangrijk dat Nick dat wist. Ze vertelde hem zelfs hoe haar vader, als ze zich verdrietig voelde na de zoveelste eerste dag op de zoveelste school, haar altijd in zijn armen nam en zei: "Je kunt het best, Teddy." Dat was zijn troetelnaam voor haar, omdat ze een moedervlekje had op haar bips. Ze bloosde altijd als haar vader haar zo noemde. "Het is net een teddybeertje," zei hij altijd. "Toen je een baby was, in elk geval. We noemden je toen altijd Teddy. Jij was onze kleine teddybeer."

Erover praten hielp. Maar opeens was het alsof een grote hand op een knop in haar binnenste drukte en haar verdriet weer activeerde. Haar vader was er niet meer. Hij was er echt niet meer. Hij kwam nooit meer terug. Dit had haar niet mogen overkomen. Het was toch niet mogelijk dat ze zo totaal alleen was. Het kon toch niet dat ze hem nooit meer zou zien. Dat kon gewoon niet. Ze begon te huilen. Nick gaf haar een paar papieren zakdoekjes, hield haar hand vast en bracht haar, zoals beloofd, net voor elven terug naar mevrouw Finster.

"Dus ik zie je morgen, hè" zei hij toen hij bij de deur afscheid nam. "Zal ik langskomen en je hier oppikken, of spreken we daar af?"

Zanny fronste haar wenkbrauwen. Daar?

"De bibliotheek," zei Nick. "Ik dacht dat je morgen terug naar de bibliotheek wilde?"

Ze was het vergeten. Ze had die afspraak gemaakt voor ze had gevonden wat ze zocht.

"Ik heb me bedacht," zei ze. "Ik wil niet terug."

Nick keek verbijsterd, maar zei niets.

Zanny zat met gekruiste benen op het bed en fronste haar wenkbrauwen naar de haardroger op de toilettafel. Ze dacht terug aan de ochtend dat haar vader naar zijn eigen borstel had gestaard en de plukjes haar die erin zaten had bestudeerd. Hij had zich in alle mogelijke bochten gewrongen om zijn achterhoofd te zien. Uiteindelijk had hij haar om een handspiegel gestuurd en was hij erin geslaagd om met eigen ogen te zien wat Zanny al een hele tijd had opgemerkt: het haar op zijn kruin was behoorlijk uitgedund.

"Je ouweheer gaat naar de haaien," had hij gezegd. Hij had

helemaal niet gereageerd zoals ze had verwacht. Op tv waren mannen altijd depressief als hun haardos dunner werd. Er glimlachte er geen een als ze ontdekten dat ze kale plekken hadden. Maar haar vader vond het blijkbaar prima dat hij kaal werd; het leek wel of hij er zich op verheugde. En hij had er zich altijd goed bij gevoeld. Die ene keer dat ze over een toupet was begonnen, had hij gelachen.

"Hé, wist je dat nog niet, vrouwen vallen op kale mannen."

Op dat ogenblik bewonderde ze hoe goed hij het opnam. Als zij haar haren verloor, zou ze er niet zo makkelijk overheen stappen. Nu wist ze dat hij een heel goede reden had gehad om kaal te willen worden, om er anders uit te zien.

Ze staarde naar de kopie van het artikel uit de bibliotheek en naar de foto die erbij stond. Ze las het opnieuw. De woorden waren de tiende keer nog hetzelfde als de eerste keer. Ze bleef hopen dat ze het niet goed had gelezen, maar dat was niet zo.

Het was bijna vijftien jaar geleden gebeurd, in Chicago, duizenden kilometers hier vandaan.

Een zekere Taglia was vermoord. Een woordvoerder van de politie speculeerde dat de aanslag verband kon houden met problemen met de Pesci-familie, die hij een 'maffiaclan' noemde. Blijkbaar was er geld gestolen van die 'maffiaclan', een bedrag dat werd geschat op tien tot twintig miljoen dollar. Dat was een ongelofelijk groot bedrag en Zanny vroeg zich dan ook af hoe het kwam dat er de volgende dagen geen gewag meer werd gemaakt van de overval.

Maar die gedachte hield haar niet lang bezig, want als ze het artikel las, werd haar blik steeds naar het fotootje ernaast gezogen. Het was een foto van de man die verdacht werd van de overval en de moord op Taglia. Zanny staarde naar zijn gezicht, naar de borstelige zwarte wenkbrauwen, de grote donkere ogen, de sterke rechte neus, de dikke donkere haren. Ze hield haar duim op het voorhoofd van de man. Geen wonder dat haar vader zo blij was geweest toen zijn haar begon uit te vallen. Het was verbluffend hoe een kale kruin iemands uiterlijk kon veranderen. Zanny keek nog een keer naar de naam onder de foto: Michael Alexander. Rechercheur Wiley had de waarheid gezegd. Haar vader was niet geweest wie ze dacht: goeie ouwe Mitch Dugan. Hij was de dief en moordenaar Michael Alexander.

## 7

De volgende ochtend stond Zanny de ontbijtborden voor mevrouw Finster af te wassen en zich af te vragen of rechercheur Wiley al een huiszoekingsbevel had kunnen bemachtigen, toen de bel ging. Mevrouw Finster haastte zich naar de deur. Zanny ging verder met afdrogen tot ze de stem van inspecteur Jenkins hoorde. Ze legde haar handdoek aan de kant. Misschien kwam hij haar iets nieuws over de dood van haar vader vertellen. Ze rende naar de gang.

Inspecteur Jenkins stond met mevrouw Finster te praten. Hij was niet alleen. Achter hem stond een grote man met rood haar en een imposant postuur. Toen de bleekblauwe ogen van de man Zanny in de gaten kregen, plooide zijn gezicht in een vriendelijke grijns. Hij leek blij haar te zien, wat totaal geen steek hield: die man was een volslagen vreemde.

Mevrouw Finster stond ook te glimlachen, terwijl ze haar natte handen aan haar schort afveegde.

"Geweldig nieuws, Zanny," kondigde ze aan. "Inspecteur Jenkins heeft je oom gevonden."

Oom? Maar dat was onmogelijk. Zanny had helemaal geen oom. En als ze er een had, zou haar vader haar toch over hem hebben verteld. Maar dit zou niet het eerste zijn dat haar vader haar had 'vergeten' te vertellen. Ze staarde de hoekige man aan, zocht naar iets vertrouwds, maar vond natuurlijk niets. Ze had deze man nog nooit gezien.

Inspecteur Jenkins deed een stap naar voren en glimlachte naar Zanny.

"Hoe is het met je?" vroeg hij. "Alles goed?"

"Ik denk het," zei Zanny.

"Goed zo. Heel goed. Want weet je, Zanny, het ziet ernaar uit dat alles een beetje ingewikkelder is dan we eerst dachten. Ik zou daar eens met je over willen praten." Hij gluurde naar mevrouw Finster. "Kunnen we Zanny ergens onder vier ogen spreken?"

Mevrouw Finster knikte, maar keek gekwetst omdat ze buiten werd gesloten. "Waarom gaat u niet naar de woonkamer? Ik zal wat verse koffie zetten."

"We willen u niet tot last zijn, mevrouw," zei inspecteur Jenkins.

"Een pot koffie is toch zo gezet?" Ze wees hen de weg en haastte zich terug naar de keuken.

"Ga zitten, Zanny," zei inspecteur Jenkins.

Ze koos een van mevrouw Finsters oorfauteuils. Inspecteur Jenkins ging in de andere zitten.

De roodharige man ging op de sofa zitten en glimlachte naar Zanny.

"Je zult me wel niet meer herkennen, Zanny," zei hij. "De laatste keer dat ik je heb gezien, was je nog maar een baby. Ik ben je oom Everett. Everett Lloyd. Ik ben de broer van je moeder."

Zanny was niet echt verbaasd. Ze besefte dat niets haar nog kon verbazen, zelfs niet het feit dat haar vader haar oom als voogd had aangesteld, maar haar niet eens over hem had verteld. Nog erger, hij had tegen haar gelogen. Had haar verteld dat ze helemaal geen familie had. Zanny draaide zich naar inspecteur Jenkins.

"U zei dat alles ingewikkelder is dan verwacht. Wat bedoelt u daarmee?"

Inspecteur Jenkins keek naar Everett Lloyd. Everett Lloyd knikte.

"Het ziet ernaar uit," zei inspecteur Jenkins langzaam, "dat je vader niet helemaal was wie iedereen dacht."

Zanny onderdrukte de neiging om te zeggen dat ze dat al wist. Ze wilde horen wat de inspecteur te zeggen had.

"Ik weet niet hoeveel hij je heeft verteld over je moeder, Zanny."

"Alleen dat ze is omgekomen bij een verkeersongeluk toen ik klein was."

Inspecteur Jenkins en Everett Lloyd wisselden een blik. Hun ernstige gezichten lieten vermoeden dat ze iets wisten dat zij niet wist. Iedereen leek van alles over haar vader te weten dat zij niet wist. Het maakte Zanny boos.

"Ze is toch bij een verkeersongeluk gestorven, hè?" vroeg ze. "Kijk, als jullie iets anders weten, zou ik het ook willen weten."

"Je moeder is inderdaad overleden bij een verkeersongeluk," zei Everett Lloyd. Hij had een zware stem, maar hij sprak zachtjes. Hij bleef haar aankijken, keek haar recht in de ogen, alsof hij naar binnen keek door het raam van een huis en probeerde te zien wat erin stond. Zanny moest zich dwingen om terug te kijken. "Kort daarna pakte je vader zijn koffers en verdwenen jullie van de aardbodem. Ik heb jullie al die tijd gezocht."

Zanny bestudeerde de bleekblauwe ogen van de stoere man en zag er niets dan oprechtheid in. "Nou, u hebt me gevonden. Of moet ik zeggen, de politie heeft u gevonden?"

"Dat is het grappige," zei inspecteur Jenkins. "Ik ben al vijftien jaar in dienst en nooit heb ik zo'n toeval meegemaakt."

Ze werden onderbroken door mevrouw Finster, die de kamer binnenkwam met een dienblad waar koppen, melk, een koffiekan en een bord met koekjes op stonden.

"Excuseer," zei ze toen ze haastig de koffie uitschonk en de melk, suiker en koekjes ronddeelde.

De ongemakkelijke stilte werd gebroken door Everett Lloyd, die de koekjes van mevrouw Finster loofde. "Mag ik het recept?" vroeg hij. "Mijn vrouw is een goede kok, maar haar koekjes zijn lang niet zo lekker als deze."

Mevrouw Finster bloosde van trots. "Ik zal het even opschrijven," bood ze aan en ze liep de kamer weer uit.

Zanny keek naar inspecteur Jenkins en zei: "Wat voor toeval?"

"De dag nadat je vader..." Hij aarzelde. "De dag nadat hij was gestorven, vond ik een berichtje op mijn bureau. Van Everett Lloyd. Dat was nog voor William Sullivan me liet weten dat een zekere Everett Lloyd in je vaders testament was aangesteld als jouw voogd. Het heeft dan toch nog even geduurd voor ik contact met hem kon opnemen, omdat ik met een ander onderzoek bezig was. En toen ik contact met hem opnam, bleek het dat hij belde voor een identificatie van een foto die hij in de krant had gezien."

Zanny's hart klopte in haar keel. Ze vroeg zich af of hij dezelfde foto bedoelde als die zij had gevonden.

"Het bleek een foto van jou te zijn."

"Van mij?" Dat was een nieuw gegeven.

"Het was een foto van de demonstratie voor de Burger Shack, een paar weken geleden. Ze stond in de plaatselijke krant en de krant van Wilmington had ze overgenomen."

Zanny draaide zich naar Everett Lloyd. "U bedoelt dat u mij al zoekt sinds mijn moeder is overleden en dat u al die tijd in Wilmington woonde, maar een paar kilometer bij me vandaan?"

"Ik ben overgevlogen uit Chicago," zei Everett Lloyd.

Chicago. Waar de overval had plaatsgevonden. Zanny probeerde neutraal te blijven kijken, alsof die naam niks voor haar betekende.

"Ik heb je foto heel toevallig gezien. Mijn vrouw had een verjaardagscadeau voor me besteld in een antiekwinkel in Wilmington. Het werd geleverd in een stuk van de Wilmingtonkrant. Zodra ik de foto zag, ben ik rond beginnen te bellen."

Nu kon Zanny helemaal niet meer volgen. Ze vond de vreemdeling nu nog verdachter. "Dat begrijp ik niet. U zei net dat ik nog een baby was toen u me de laatste keer had gezien. "Hoe kon u me dan herkennen op een foto in de krant?"

De ogen van Everett Lloyd werden vochtig. "Hoe kon ik je niet herkennen?" zei hij. "Je lijkt als twee druppels water op je moeder op die leeftijd."

Zanny keek naar inspecteur Jenkins. Was dit waar? Was deze man echt op zo'n vreemde manier op haar gestoten?

Inspecteur Jenkins haalde zijn schouders op. "Deze zaak zit vol toevalligheden," zei hij.

Toeval was een gigantisch understatement. Er gebeurden dingen met haar die ze niet zou geloven als ze gebeurden met een filmpersonage. Ze wist niet wat ze moest denken van Everett Lloyd. Zijn verhaal verschilde zoveel van wat Wiley haar had verteld. Everett Lloyd beweerde dat haar vader Chicago had verlaten omdat haar moeder was gestorven. Hij zei niets over die tien miljoen dollar. Wat kon dat betekenen? Dat Everett Lloyd niets afwist van de overval? Maar hij kwam uit Chicago. Hij moest het weten. Misschien wist hij het ook wel, maar probeerde hij het te verbergen voor inspecteur Jenkins of Zanny. Wat weer andere vragen deed rijzen. De grootste vraag was: waarom?

"Hoe weet u zo zeker dat hij mijn oom is?" vroeg ze aan inspecteur Jenkins. "Kan hij dat bewijzen?" Wat voor bewijs had iemand nodig om er geen twijfel over te laten bestaan dat hij iemands oom was?

"Dat maakt het nu juist zo ingewikkeld, Zanny," zei inspecteur Jenkins. "Mijnheer Lloyd is een veiligheidsagent in Chicago, een autoriteit in zijn vak, meen ik te weten. Dus heb ik geen reden om zijn verhaal in twijfel te trekken. Maar jij bent een minderjarige en de staat kan je niet zomaar aan iemands zorgen toevertrouwen zonder volgens het boekje te gaan. Mijnheer Lloyd heeft jammer genoeg geen kopie van je geboortebewijs kunnen terugvinden en het zat ook niet tussen de papieren van je vader. We blijven ernaar zoeken. Je ouders woonden niet in Chicago toen je geboren werd. Mijnheer Lloyd zegt zelfs dat hij niet weet waar ze toen woonden."

Zanny trok een wenkbrauw op. "U wist niet waar uw eigen zus woonde?"

"Je vader reisde veel," zei Everett Lloyd. "En je moeder reisde met hem mee. Ze vertelden ons niet altijd waar ze heengingen."

"Waarom niet?"

"Eerlijk gezegd waren mijn ouders tegen het huwelijk."

"U bedoelt dat ze tegen mijn vader waren," zei Zanny. Het was geen vraag, het was een opmerking.

Everett Lloyd knikte. "We wisten niet eens dat ze zwanger was tot jij werd geboren."

"Wat betekent dat we niet weten in welk ziekenhuis je bent geboren," voegde inspecteur Jenkins eraan toe, "of zelfs in welke staat. Maar we blijven zoeken. We werken samen met mijnheer Lloyd en de politie van Chicago om iemand te vinden die je moeder en vader kende toen ze daar woonden. En natuurlijk zullen we naar medische rapporten zoeken..."

"Medische rapporten?"

"Voor jullie bloedgroepen. We kunnen je niet aan de zorg van mijnheer Lloyd toevertrouwen voor alle paperassen in orde zijn."

"En dat betekent?"

"Dat betekent dat het nog even kan duren. Minstens een paar dagen."

"En als u niets vindt?" vroeg Zanny. "Als u niet kunt bewijzen dat hij mijn oom is, wat dan?"

"Zullen we daar nog maar niet aan denken?" zei inspecteur Jenkins. "Het komt allemaal wel goed."

Zanny wou dat ze daar ook zo gerust op kon zijn, maar met alles wat er was gebeurd, kon ze dat niet meer. Ze keek nog eens naar de man die beweerde dat hij haar oom was. Als hij het echt was en in Chicago woonde, moest hij meer weten over haar vader. Ze besloot erachter te komen hoeveel meer hij wist.

"En de drugsbrigade?" vroeg ze.

Everett Lloyds bleekblauwe ogen gingen wijd open van verbazing. "De drugsbrigade?" zei hij. "Wat is daarmee?"

Inspecteur Jenkins maakte een pijnlijke grimas. "Ik ben bang dat ik daar niets over mag zeggen."

Hij wilde er niet over praten. Rechercheur Wiley had ook al niets losgelaten. Nou, dat was dan jammer, want als het om haar vader ging, had Zanny het recht om erover te praten.

"Er hangt hier een agent van de drugsbrigade rond," legde ze uit aan Everett Lloyd. "Hij heeft een heleboel vragen over mijn vader gesteld. Ik denk dat ze te maken hebben met zijn dood."

"Nou, Zanny," zei inspecteur Jenkins sussend, "we weten niet..."

"Ik weet het wel," zei Zanny. "Ik weet dat wat mijn vader ook was, hij niet iemand was die zelfmoord zou plegen."

"Zanny, meisje, luister eens," begon inspecteur Jenkins.

"De drugsbrigade wil alles in de doofpot stoppen. U wilt alles in de doofpot stoppen. Niemand wil uitzoeken hoe mijn vader echt om het leven is gekomen. Dus luistert u eens. Als u me geen antwoorden geeft, ga ik naar de pers en vertel ik ze alles wat ik weet en dan kan het me niet meer schelen wat de drugsbrigade of wie dan ook daarvan vindt."

"Dat zou geen goed idee zijn," zei Everett Lloyd zachtjes.

Inspecteur Jenkins keek hem aan. "Hoeveel weet u?"

"Waarschijnlijk evenveel als u," zei Everett Lloyd. "Ik weet waar ze Mike van verdenken."

Zanny keek hem gespannen aan. "Mike?"

"Michael Alexander. Dat was zijn echte naam."

Dat strookte in ieder geval al met het verhaal van Wiley.

"Ik weet het van de tien miljoen die zijn gestolen van de

Pesci's. Ik weet ook dat Mike met de noorderzon is verdwenen vanaf het moment dat het geld weg was."

Zanny's woede flakkerde op. "U denkt dat hij het heeft gedaan? Zegt u dat? U denkt dat mijn vader een dief is?"

"Dat heb ik niet gezegd."

"U antwoordt niet op mijn vraag."

Everett Lloyd zuchtte. "Op dit ogenblik maakt het niet uit wat ik denk, Zanny. Er zijn een heleboel mensen die denken dat hij het heeft gedaan en daarom is het belangrijk dat niemand hier iets over te weten komt. Als de ware identiteit van je vader uitlekt, zullen er ongure types op afkomen. En ik denk niet dat dat voor jou erg veilig zou zijn, Zanny. Ik denk dat je de politie - en de drugsbrigade - hun werk moet laten doen. Ik denk dat je het best zo goed mogelijk met ze meewerkt."

Zanny staarde de roodharige man aan. Wie was hij eigenlijk? Niet meer dan een naam in het testament van haar vader, iemand waar haar vader het nooit over had gehad, iemand die beweerde haar oom te zijn, maar die ze nog nooit had gezien. Ze zou niet weten waarom ze naar hem zou luisteren.

"U hebt nog steeds niet geantwoord op mijn vraag," zei ze. "Denkt u dat mijn vader dat geld heeft gestolen?"

Everett Lloyd leunde achterover in zijn stoel en zuchtte. Hij wreef in zijn ogen met een hand. "Ik ken de feiten, Zanny. Ik weet dat je vader een undercover politieagent was die onder grote druk stond. Ik weet dat hij te maken had met ongure types. En ik weet dat op het moment dat die tien miljoen dollar zijn verdwenen, je vader en jij ook zijn verdwenen."

Een smeris? Haar vader was een smeris geweest en dat had ze nooit geweten? Erger nog, haar vader was een corrupte smeris geweest.

"Maar hoe?" vroeg Zanny. "Waarom zou hij zoiets doen?"

Everett Lloyd haalde zijn brede schouders zuchtend op.

"Ik zou het daar heel graag met je over hebben, Zanny. Maar

eerst zou ik je wat beter willen leren kennen en het zou fijn zijn als jij mij wat beter zou leren kennen. Ondertussen denk ik dat we de hele zaak stil moeten houden, voor je eigen bestwil."

Inspecteur Jenkins dronk het laatste scheutje koffie op dat mevrouw Finster hem had ingeschonken. "Ik hoop dat je mijnheer Lloyds advies ter harte neemt," zei hij. "Hij heeft gelijk. Je kunt je er beter buiten houden en laat de professionals hun werk doen. Het is voor je eigen veiligheid, Zanny."

Hij stond op en keek naar Everett Lloyd. "Ik geef u wel een lift terug naar uw motel."

"Bedankt, inspecteur, maar als Zanny dat goed vindt, zou ik graag een paar minuutjes blijven om kennis te maken."

Inspecteur Jenkins knikte. "Ik hou u op de hoogte," zei hij. Hij liep naar de keuken om afscheid te nemen van mevrouw Finster.

Zanny staarde de roodharige man ijskoud aan. "Ik moet ervandoor. Ik heb een afspraak."

Everett Lloyd glimlachte welwillend. "Ik wil je niet ophouden. Dit zal allemaal wel behoorlijk eng voor je zijn. Eerst wat er met je vader is gebeurd. En nu ik, die zomaar je leven binnenstapt." Hij voelde in zijn broekzak en haalde er een portefeuille uit, die hij openklapte. Hij doorzocht hem, trok er een fotootje uit en gaf het aan haar.

"Ik weet niet of je dit ooit hebt gezien of niet," zei hij. "Het zijn je moeder en vader op hun trouwdag. Ik was er niet bij. Ze zijn getrouwd in Las Vegas. Maar je moeder heeft deze foto opgestuurd."

Zanny hield zichzelf voor dat ze niets met deze man te maken wilde hebben. Ze hield zichzelf voor dat ze zelfs niet in dezelfde kamer wilde zitten als hij. Wie dacht hij wel dat hij was, dat hij na al die jaren zomaar haar leven binnen kon komen walsen? Hij deed alsof hij om haar gaf, maar was er wel van overtuigd dat haar vader een dief was. Geen wonder dat haar vader soms zo bitter had geleken. Zijn eigen zwager had geloofd dat hij tien miljoen dollar had gestolen. Zijn eigen zwager had zelfs niet geprobeerd om hem te verdedigen. Ze wilde Everett Lloyd eens ongezouten vertellen wat hij met zijn stomme fotootje kon doen. Maar ze kon het niet. Ze kon deze kans niet laten voorbijgaan. Ze nam de foto die hij haar voorhield aan en keek er hongerig naar, nam elk detail gretig in zich op. De jonge man op de foto was onmiskenbaar haar vader, ook al was hij veel slanker dan ze zich kon herinneren en had hij meer haar - langer haar - dan ze ooit bij hem had gezien. Hij was gekleed in een muisgrijze smoking met een roze anjer in het knoopsgat en hij straalde naar de slanke donkerharige vrouw naast hem. De bruid had Zanny helemaal in de ban. Opeens voelde ze zich licht in het hoofd toen ze naar het open, lachende gezicht, de blauwe ogen, het dikke kastanjebruine haar keek. Haar hele leven had ze zich afgevraagd op wie ze leek. Ze had helemaal niets weg van haar vader, ze had geen enkel uiterlijk kenmerk van hem geërfd. De meeste van haar vrienden leken op een van hun ouders; Zanny leek op niemand. Tot nu. Het was alsof ze in de spiegel keek.

"Het is bijna griezelig," zei Everett Lloyd. "Toen ik die foto in de krant zag, kon ik mijn ogen niet geloven. Ik had gezworen dat ik naar een foto van Jenny van vijftien of twintig jaar geleden keek."

"Jenny," echode Zanny. Een van de weinige dingen die ze wist over haar moeder, was haar naam. Hoewel ze zich de voorbije twee dagen zelfs had afgevraagd of dat wel waar was. Misschien had haar vader die naam ook gewoon verzonnen, was die ook weer een leugen.

"Jennifer Anne Lloyd," zei Everett Lloyd. "Je lijkt als twee druppels water op haar." Hij trok een andere foto uit zijn portefeuille en gaf ze aan haar. "Dit zijn Jenny en ik als kind. Ik was vijf jaar ouder dan zij." Op de foto stond een jongere, minder omvangrijke Everett Lloyd met zijn arm om hetzelfde slanke meisje heen. "Ze was mooi, hè? En getalenteerd. Ze was danseres, wist je dat?"

Zanny keek hem verbaasd aan. Dat wist ze niet. Ze wist bijna niets over haar moeder, behalve dat ze dood was, dat dat lang geleden was gebeurd en dat haar vader er niet graag over praatte.

"Ze is gestopt met dansen toen ze trouwde," zei Everett Lloyd. Zijn ogen werden vochtig. "Ze is met heel veel gestopt."

Zanny keek hem nijdig aan. Wat wilde hij daarmee zeggen? Had deze man kritiek op haar vader?

Everett Lloyd begon te blozen. "Sorry, ik bedoelde daar niet mee..." Hij staarde naar de foto's en wilde ze weer in zijn portefeuille stoppen. Toen aarzelde hij. Hij gaf er een aan Zanny, die van haar ouders op hun trouwdag. "Misschien zou je deze graag willen houden."

Zanny nam hem zwijgend aan. Ze wist niet wat ze van deze man moest denken. Ze keek in zijn bleekblauwe ogen.

"En nu?"

Everett Lloyd stak zijn portefeuille weer in zijn broekzak. "Nu is het afwachten, veronderstel ik," antwoordde hij. "Ik logeer in een motel langs de snelweg. We wachten tot alle paperassen in orde zijn. En dan is er werk aan de winkel."

"Werk aan de winkel? Hoe bedoelt u?"

"Dan pakken we je koffers en vertrekken we. Je zult Chicago vast geweldig vinden, Zanny. Het is een fantastische stad. En natuurlijk moeten we hier ook nog alles regelen, voor het huis, de bezittingen van je vader. We zullen moeten beslissen wat we kunnen houden en wat niet." Hij stond op. "Ik moet nog een paar dingen regelen vandaag, maar ik zou vanavond heel graag met je uit eten gaan. Zal ik je hier rond zes uur komen oppikken?"

Zanny knikte langzaam. Ze had altijd geweten dat ze niet eeuwig bij mevrouw Finster kon blijven, maar ze had nooit gedacht dat ze helemaal naar Chicago zou moeten verhuizen. Het leek misschien aanstellerig dat ze er tegenop zag nog een keer te verhuizen, nadat ze haar hele leven niets anders had gedaan, maar toch was het zo. Opeens kon ze zich niet voorstellen dat ze het kleine huisje aan de overkant van het veld zou moeten verlaten. Ze woonde er nog maar een jaar, maar het was haar thuis.

"Zanny?"

Ze keek haar oom aan.

"Alles oké?"

Ze knikte.

"Gelukkig." Hij glimlachte naar haar. "Ik denk dat ik nog even met mevrouw Finster ga praten voor ik vertrek."

Zanny keek hem na naar de keuken.

## 8

Nadat Everett Lloyd was vertrokken, zat Zanny alleen in de woonkamer van mevrouw Finster. Ze voelde zich verdoofd. Eerst had alleen rechercheur Wiley beweerd dat haar vader een dief was. Nu niet meer. De meerderheid keerde zich nu tegen haar vader. Inspecteur Jenkins zei dat hij een dief was. Het oude krantenknipsel dat ze had gevonden zei dat hij een dief was. Zijn eigen zwager - haar oom - zei dat hij een dief was.

Ze geloofde ze niet - tenminste, ze wilde ze niet geloven. Goed, haar vader was een eenling. Goed, ze waren al die jaren van de ene plaats naar de andere blijven verhuizen. Maar ze wist dat hij een eerlijk man was die haar had geleerd om eerlijk te zijn. Ze kende hem als een man die werd gerespecteerd door zijn collega's. Trouwens, als hij al dat geld had gestolen, waarom hadden ze dan niet luxueuzer geleefd? Wiley en de anderen moesten het mis hebben. Hij moest onschuldig zijn. Misschien hadden ze hem erin geluisd. Maar hoe kon Zanny bewijzen dat iedereen haar vader verkeerd beoordeelde?

Ze kon maar één manier bedenken. Ze moest bewijzen dat er geen tien miljoen dollar was, dat die er nooit was geweest. Ze moest haar huis van boven tot onder doorzoeken, binnenstebuiten keren en bewijzen dat dat geld niet bestond.

Ze was half verwege de oprit van haar huis en hield de sleutel al in aanslag, toen iemand haar naam riep. Ze draaide zich om, zag Nick op straat staan en stak haar hand naar hem op. Ze was van plan om het huis te doorzoeken, ook al deed ze er de hele dag over. Maar dat kon ze Nick niet vertellen. Maar ze wilde hem ook niet wegsturen, in elk geval niet op een manier die hij verkeerd zou interpreteren. Ze wilde niet dat hij zou denken dat ze hem niet meer wilde zien. Ze zei het eerste wat in haar opkwam.

"Wat doe jij hier?"

Hij reageerde op die vraag met mild sarcasme. "Met mij gaat alles goed, dank je," zei hij. "En met jou?"

Zanny voelde dat ze begon te blozen. "Sorry, zo bedoelde ik het niet."

"Je bent gewoon niet zo blij om me te zien, hè?"

"Nee, zo moet je het echt niet opvatten."

"Maar? Ik voel dat er nu een 'maar' gaat komen. Wat is er, Zanny?"

"Niks." Haar stem, die naar het einde van het woord aarzelend klom, verraadde haar.

Nicks bruine ogen keken bezorgd. "Er zit je iets dwars, Zanny, en het is niet alleen wat er is gebeurd met je vader. Er is nog iets mis. Dat merkte ik gisteravond in de bibliotheek al en nu weer. Het heeft iets te maken met die kerel van de drugsbrigade, hè? Hij heeft je iets verteld en wat het ook is, het vreet verschrikkelijk aan je. Ik heb gespijbeld om te komen kijken of je oké bent." Hij tuurde even in haar ogen. Toen ze niet antwoordde, zuchtte hij en haalde zijn schouders op.

"Oké," zei hij. "Ook goed. Ik heb het begrepen. Je wilt me niet vertellen wat je dwarszit. Daar kan ik mee leven." Maar hij kon zijn teleurstelling niet verbergen. "Kijk, als je wilt dat ik ga, hoef je het maar te zeggen en ben ik weg. Misschien ben ik zelfs nog op tijd op school voor de algebrales."

"Ik wil niet dat je weggaat," zei ze. "Maar ik..." Maar ik wat? Ik wil alleen zijn, zodat ik mijn eigen huis ondersteboven kan halen. Ik ben namelijk bang dat er ergens tien miljoen dollar ligt en ik moet alles binnenstebuiten keren tot ik kan bewijzen dat dat niet zo is. Of - en dit was het gedeelte dat haar echt beangstigde, het gedeelte dat overgekookte spaghetti maakte van haar knieën - tot ik ze vind. Als ze dat zei, zou hij zeker denken dat ze gek was.

Nick stak zijn hand uit en raakte haar schouder aan. "Sorry," zei hij. "Je hebt heel wat te verduren gehad. En dan kom ik de boel nog eens op de spits drijven. Ik bel je nog wel. Misschien heb je later eens zin om uit te gaan en iets leuks te doen, weet je, om je wat af te leiden." En toen, zo vluchtig en zo lief dat haar adem van verbazing en verrukking stokte, kusten zijn zachte warme lippen die van haar. Ze was al eens gekust, door een jongen die ze niet eens zo leuk vond; ze had hem alleen laten begaan omdat hij de eerste jongen was die haar ten dans had gevraagd. Maar die kus had niks te maken met deze kus. Ze had nog nooit die gloed gevoeld die als elektriciteit haar lichaam deed tintelen en tegelijk week maakte.

"Ik bel je nog wel," fluisterde hij zachtjes in haar oor. Zijn lippen raakten de hare weer en gingen niet meer weg. Met een hand streelde hij zachtjes over haar wang, in de andere hield hij haar kin. Haar knieën werden helemaal week. Ze wou dat deze kus eeuwig kon blijven duren. Langzaam trok hij zijn hoofd weer terug.

"Nick?"

Ze verdronk in zijn ogen. Hij was zo begrijpend, zo lief. En hij gaf om haar. Hij zou haar net zoveel tijd en ruimte geven als ze nodig had. Bij hem zijn was zoals bij Lily zijn, vertrouwd en verbonden. Ze had het gevoel dat ze bij iemand was die haar echt kende.

"Nick, als ik je iets vertel, beloof je dan dat je het niemand zult vertellen?"

Hij fronste zijn wenkbrauwen. "Er is echt iets mis, hè Zanny? Dit heeft iets te maken met die kerel van de drugsbrigade, hè. Het heeft iets te maken met wat we gisteren in de bibliotheek aan het opzoeken waren."

Ze knikte en liep het trapje naar het huis op om de deur open te maken en keek toen om naar Nick, die nog steeds op de oprit stond. Hij liep de trap op en volgde haar naar binnen.

"Wat is er aan de hand, Zanny?"

"Ik ben erachter gekomen waarom de drugsbrigade zo geïnteresseerd is in mijn vader."

Nick zei niets, maar aan de sombere uitdrukking op zijn gezicht kon ze zien dat hij had geraden dat het geen goed nieuws was.

"Ze zeggen dat hij een smeris was die de verleiding niet kon weerstaan." Tenminste, dat had Everett Lloyd geïnsinueerd. "Ze zeggen dat hij tien miljoen dollar drugsgeld heeft gestolen." Daar, ze had die belachelijke beschuldiging uitgesproken, en niemand lachte. Nick staarde haar ernstig aan.

"Geloof jij dat, Zanny?"

"Ik weet niet wat ik moet geloven. Je weet niet hoe het is, Nick. Je denkt dat je iemand kent. Hij was mijn vader. We woonden zestien jaar samen en ik dacht echt dat ik hem kende. Nu krijg ik van iedereen te horen dat hij niet was wie hij zei dat hij was. Hij heette niet eens Mitch Dugan. Zijn echte naam was Michael Alexander."

Nick staarde haar uitdrukkingloos aan.

"En toen vond ik dit..." Ze haalde de opgevouwen kopie uit haar broekzak en gaf hem aan Nick. Toen hij het blad papier openvouwde, zei ze: "Het stond zelfs in de krant. Michael Alexander heeft tien miljoen dollar gestolen van een gevaarlijke gangsterfamilie en ging ervandoor. Kijk naar de foto. Je hebt mijn vader nooit ontmoet. Nou, nu kun je hem ontmoeten. Nick Mulaney, dit is Mitch Dugan, alias Michael Alexander. Ik ben

Melissa Alexander, alias Zanny Dugan."

Nick streek het blad papier glad en las het artikel langzaam. Hij keek weer op naar Zanny.

"Is dit je vader?"

Zanny knikte. "Ik vond het gisterenavond in de bibliotheek. Ik wilde je het niet vertellen, ik was te... beschaamd."

"Beschaamd? Waarvoor? Zanny, wat je vader ook mag hebben gedaan, dat heeft hij gedaan, niet jij. Je zei het zelf, je wist er niet eens iets van. Waarom zou jij je moeten schamen?"

Ze keek naar de tegels in de gang. Goeie vraag, daar had ze geen antwoord op.

"Nou, gewoon, ik weet het niet. Nick, iedereen zegt dat mijn vader een crimineel was. Ze zeggen dat hij tien miljoen dollar heeft gestolen. Tien miljoen."

Nick knikte langzaam. "Maar als dat zo is, kun jij daar toch niks aan doen?"

Als. Een klein woordje dat veel betekende.

"De man van de drugsbrigade is hier om de tien miljoen te vinden."

"Te vinden?" Nick schudde zijn hoofd. "Die vent droomt. Niemand die tien miljoen dollar steelt..." Zijn stem stierf weg. "Sorry."

"Geeft niks," zei Zanny. "Ga verder. Wat wilde je zeggen?"

"Niemand die de moeite doet om tien miljoen dollar te stelen, laat die zomaar ergens liggen. Die gaat dat geld opmaken, alles erdoor draaien."

"Dat bedoel ik nou net. Je zou toch denken dat als we zoveel geld hadden, we in een groot huis zouden wonen. Maar dat is niet zo. Dat is ook nooit zo geweest. Meestal woonden we in huizen die nog kleiner waren dan dit."

"Wat wil je zeggen, Zanny?"

"We hebben altijd in kleine, goedkope huizen gewoond. We hebben altijd in goedkope fastfoodrestaurants gegeten, dingen die mijn vader kon betalen met het loon dat hij verdiende voor handenarbeid, meestal. We hadden nooit geld, Nick. We zijn zelfs nooit echt op vakantie gegaan. Volgens mij omdat mijn vader dat geld niet heeft gestolen. Maar stel dat hij het wel heeft gedaan. Als mijn vader ervandoor is gegaan met dat geld, zoals iedereen beweert, heeft hij het zeker niet uitgegeven. In elk geval zeker niet voor mij. En ook niet voor zichzelf. Wat betekent dat als hij het heeft gestolen, het nog altijd ergens ligt. Ik ga het huis doorzoeken, Nick. Of ik vind het, of ik ga bewijzen dat hij het niet heeft gestolen. Het is misschien niet veel, maar het is beter dan niks doen."

Ze was opgelucht dat Nick haar niet uitlachte. Integendeel, hij knikte ernstig.

"Hulp nodig?" vroeg hij.

* * *

"Volgens mij is de beste manier om iets te zoeken," zei Nick, "onderaan beginnen en naar boven toewerken. Of omgekeerd."

Daar zat wat in. Zanny wilde niets over het hoofd zien. Na even te hebben overlegd, begonnen ze beneden. Ze stommelden naar de onafgewerkte kelder.

Zanny keek naar de grote, open ruimte met zijn vloer van cement, naar de wasmachine en de droogkast in de ene hoek en de open rekken met laarzen, schaatsen en skischoenen en de stapel kartonnen dozen in de andere.

"Hier zullen we snel klaar zijn," zei ze.

Nick nam de kelder zorgvuldiger in zich op. "Hangt ervan af."

"Van wat?"

"Van wat we nu eigenlijk zoeken. Tien miljoen dollar, hoe ziet dat er volgens jou uit?"

Daar had ze nog niet echt over nagedacht.

"Bedoel je, welke briefjes?"

Nick haalde zijn schouders op. "Misschien. Maar misschien is het helemaal geen cash. Tien miljoen dollar in cash - zelfs in grote briefjes van vijftig of honderd - is veel cash, een heleboel briefjes. Die zouden plaats innemen, mischien een koffer of een doos of een kist vol of zoiets. Als iemand zo'n bedrag in cash wilde verstoppen, zou hij het achter een valse muur of een geheime nis doen of zo. Of misschien is het geen cash. Mischien is het goud, of diamanten of aandelen of iets dat makkelijk in cash kan worden omgezet. Of misschien zijn die tien miljoen dollar helemaal niet hier. Hij heeft ze misschien het land uitgesmokkeld en op een Zwitserse bankrekening gezet of op een bank op de Kaaimaneilanden. Misschien zoeken we wel een soort bankboekje."

Zanny staarde hem een paar ogenblikken zwijgend aan. Aan die mogelijkheden had ze niet eens gedacht. Wat eerst een simpele klus had geleken - zoek een groot geldbedrag in een klein huis - bleek een onmogelijke opdracht.

"En wat betekent dat dan?" zei Zanny. "Wat zoeken we nu eigenlijk?"

"Dat is nou net het probleem," antwoordde Nick. "Wat het ook is, we zullen heel grondig moeten zoeken. En volgens mij is het niet overbodig om de muren te controleren op holle ruimten en valse deuren."

"Lijkt wel iets uit een film." De hele zaak leek trouwens iets uit een film. Of uit een nachtmerrie.

Ze begonnen samen in een hoek van de kelder en voelden in de neus van de schaatsen en skischoenen naar diamanten, in de naden van oude winterkleren of er aandelen in waren genaaid en klopten op de muren achter de rekken om te horen of er verborgen nissen achter zaten.

"Niks," besloot Zanny nadat ze de kelder hadden uitgekamd. "Zullen we dan maar?"

Nick knikte en volgde haar naar de begane grond van het huis.

"Ik denk dat het niet veel zin heeft om de keukenkasten te

doorzoeken," zei ze. "Ik kook meestal. Als daar iets verborgen lag, zou ik het allang hebben gevonden."

"Misschien," zei Nick. "Maar misschien ook niet. Onder de bodem van de onderste kastjes kun je iets goed verbergen. Misschien hebben ze een dubbele bodem. Of misschien zit er in de diepvriezer een oude doos die je nooit is opgevallen."

Zanny keek hem gespeeld achterdochtig aan. "Waar haal je al die ideeën vandaan?"

Hij grinnikte schaapachtig. "Ik ben verslaafd aan detectiveromans," zei hij. "Ik kan het ook niet helpen."

"Nou, dat komt heel goed van pas. Zullen we er dan maar aan beginnen?"

Ze had de keuken nooit groot gevonden. Als haar vader en zij er samen het eten stonden klaar te maken, had hij af en toe zelfs heel klein geleken. Nu zag ze dat het allemaal afhing van wat je er deed. Als ze aan het koken was, had ze een groot werkblad nodig en dan leek de keuken piepklein. Maar nu ze zocht naar de buit, leek de keuken gigantisch en stonden er duizend voorwerpen in en spullen om te controleren, leeg te maken en weer te vullen. En toen ze elke centimeter had uitgekamd, was het resultaat nul komma nul.

Terwijl Zanny in de keuken bezig was, nam Nick de woonkamer en eetkamer voor zijn rekening. Ze hoorde hem tegen muren en meubels kloppen. Toen Zanny het allerlaatste blik terug in de kast had gezet, begon haar maag te knorren.

"Nick? Nick, heb je honger?"

Nick verscheen glimlachend in de deuropening.

"Ik rammel," zei hij.

Zanny keek in de koelkast. Er stond niet veel in en wat er was, stond er al bijna een week. Ze rook aan de melk en trok een gezicht: ze was zuur geworden. De sla in de groentela was verlept en zwart aan de randen. Het beetje kaas dat er lag, was beschimmeld. Ze draaide zich naar de kasten. "Er is soep," kondigde ze aan. "En crackers."

"Klinkt goed," zei Nick.

Terwijl Zanny de soep opwarmde, zette Nick kommen, lepels en de crackers op tafel. Ze diende de soep op en ging bij hem aan tafel zitten.

"Je moet wel denken dat ik niet goed bij mijn hoofd ben," zei ze terwijl ze toekeek hoe hij zijn soep oplepelde.

"Helemaal niet. Ik heb het altijd al geweldig gevonden om miljoenen te zoeken bij mensen."

"Grappig hoor."

"Ik meen het wel een beetje, hoor. Ik heb dit natuurlijk nog nooit gedaan. Maar ik vind het wel een geweldige dag, Zanny. Maar ik denk dat ik elke dag geweldig vind als ik bij jou ben."

Zanny trok haar hoofd in om haar blos te verbergen. Ze dronk een beetje soep.

"Ik heb zitten denken," zei ze langzaam. "Als we hier niks vinden, wil dat nog niet zeggen dat hij het niet heeft gedaan, hè?"

"Ik ben bang van niet, hij kan het geld ook ergens anders hebben verstopt. Hij kan het bij een vriend hebben gelaten, weet je, een sleuteltje van een kluis of zo."

"Hij had niet veel vrienden. Mijn vader was graag alleen."

"Misschien had hij een notaris. Misschien heeft hij die notaris iets in bewaring gegeven. Dat doen veel mensen. Veel notarissen houden iets in bewaring voor hun cliënten."

Zanny fronste haar wenbrauwen. Daar had ze niet aan gedacht. "Maar daar heeft mijnheer Sullivan niets over gezegd."

"Mijnheer Sullivan?"

"William Sullivan, de notaris van mijn vader. Hij heeft papa's testament opgemaakt." Ze dacht een ogenblik na. "Hij had een map met mijn vaders naam erop. Het is best mogelijk dat hij daar iets in had zitten dat ons vooruit zou kunnen helpen. Maar zou hij me dat dan niet hebben verteld?" Zanny's vader had alles wat hij bezat aan haar nagelaten: het testament was daar heel duidelijk over geweest. "Volgens mij moeten we hier blijven zoeken," zei ze. "En als we niks vinden, ga ik met mijnheer Sullivan praten."

"Prima plan." Nick at zijn soep op en bracht zijn kom naar het aanrecht. "Oké," zei hij, "zijn we klaar voor de eerste verdieping?"

Ze knikte en samen liepen ze de trap op. Ze stonden al op de overloop, toen Zanny besefte dat ze een probleem had. Een groot probleem. Naast de badkamer waren er maar twee kamers op de eerste verdieping: haar kamer en die van haar vader. Eerst dacht ze dat haar kamer niet doorzocht hoefde te worden. Want als daar iets verborgen lag, zou ze het toch wel weten, zeker? Misschien niet. Ze zag het geniale ervan: wie zou daaraan denken? Haar kamer zou de laatste plaats zijn waar ze zou gaan zoeken en daarom was het de beste schuilplaats.

Ze leek Nick wel, die vond ook alles verdacht en niets vanzelfsprekend. Ze wilde absoluut niet dat Nick haar kamer doorzocht. Wie weet wat ze misschien had laten rondslingeren? Dat kon echt genant zijn.

Maar ze kon hem haar vaders kamer ook niet laten doorzoeken, want ze wist niet wat hij zou vinden. Haar vader had er misschien meer verborgen dan de vermiste tien miljoen dollar. Misschien had hij er iets uit het verleden verborgen - haar verleden - een paar aanwijzingen, een paar stukjes van de puzzel. Ze wilde niet dat Nick die vond. Dat wilde ze zelf doen.

Ze stopte op de overloop. Nick bleef naast haar staan en keek naar de twee slaapkamers. Toen keek hij naar haar.

"Is hier een zolder?" vroeg hij.

"Een zolder?"

"Ja. Zolders zijn gedroomde plaatsen om iets te verstoppen. Als er een zolder is, kan ik daar alvast beginnen. Doe jij de slaapkamers maar."

Ze keek hem dankbaar aan en knikte.

"Hierlangs kom je erin." Ze wees naar een luik in het plafond van de overloop. “Er staat een trapladdertje in de kelder.”

“Ik haal het wel even.”

Toen hij de trap afliep, keek Zanny weer naar de twee slaapkamers. Ze zou ze allebei moeten doorzoeken. Er was geen ontkomen aan. Maar haar vader was er niet om haar te zeggen dat ze flink moest zijn, dat ze eerst haar spinazie moest opeten en dan pas een ijsje als beloning kreeg. Ze kon het onvermijdelijke tenminste nog even uitstellen. Ze ging eerst naar haar eigen kamer en klopte op de muren en de bodem van de kast. Ze werkte systematisch, trok haar meubels naar voren, zocht achter haar bureau en kleerkast naar valse achterwanden waar iets achter kon zitten, zocht onder haar bed naar losse tegels. Ze vond niets.

En toen kon ze het niet langer uitstellen. Ze had er de hele tijd tegen opgezien, maar nu was het zover. De kamer van haar vader wachtte op haar.

Zanny stak de overloop over en stapte over de drempel van haar vaders slaapkamer. Door de jaren heen was ze in wel tien slaapkamers geweest waar haar vader sliep, maar ze was er nooit vaak binnengegaan. Toen ze hierheen waren verhuisd, waren haar vader en zij uit elkaar gegroeid. Ze was bewust afstandelijk om hem te laten voelen dat ze het er niet mee eens was dat ze altijd zo vroeg thuis moest zijn en uitkeek naar de dag dat ze haar eigen weg kon gaan. In dit huis was haar kamer haar toevluchtsoord geweest; de kamer van haar vader was vaak vijandelijk gebied geweest.

Het eerste wat haar opviel, was de vage geur van zijn pittige aftershave. Ze moest door de jaren heen liters van dat spul voor hem hebben gekocht, voor Kerstmis, voor zijn verjaardag, voor vaderdag. Het was zo moeilijk om iets voor hem te kopen, dat ze bijna elk jaar, bij elke gelegenheid aftershave of talkpoeder of zeep voor hem had gekocht. Hij keek altijd verrast; hij deed altijd of hij er blij mee was. “Die gebruikte mijn vader ook altijd,” zei hij. Ze vroeg zich nu af of dat waar was, of dat hij het had verzonnen, zoals zijn naam.

Het viel Zanny op hoe kraakhelder de kamer was. Haar eigen kamer was veel nonchalanter ingericht; ze hield ervan om haar spulletjes een beetje overal om zich heen te leggen. Hij leek er zo weinig te hebben.

Het dekbed lag tot aan het hoofdeinde en was netjes ingestopt. Op het nachtkastje stond alleen een telefoon. Op zijn ladekast lag geen pluisje stof. Een boek lag eenzaam op de kist aan het voeteneind van zijn bed.

Zanny liep voorzichtig om het bed heen. Haar vingers beefden toen ze naar het handvat van de la in het nachtkastje reikte. Hier had inspecteur Jenkins het pistool en de kogels gevonden die haar vader hadden gedood. Ze trok de la open. Op een telefoonboek na was hij leeg.

Daarna liep ze naar de ladekast en trok de bovenste la open, waar zijn borstel en kam lagen, een paar dassen netjes op een rij en twee dasspelden, een van onyx en een van zilver. Ze voelde aan de randen van de la zoals ze Nick had zien doen in de keuken, klopte erop en luisterde of er geen dubbele bodem of kant in zat.

Niks.

Ze opende de volgende la en voelde zich meteen ongemakkelijk dat ze haar hand erin moest stoppen. Het was haar vaders la met ondergoed. (Ah, maar dat is onmiskenbaar de perfecte verstopplaats.) Energiek haalde ze het netjes opgevouwen ondergoed eruit, beklopte ze overal, beluisterde en legde ze het ondergoed weer terug. Ze doorzocht zo alle laden en voelde in alle kleren naar het stijve papier van aandelen.

Niks.

Ze sloot de laatste la en draaide zich naar de kist aan het voeteneind van het bed. Ze haalde het boek eraf en legde het op het bed. Toen opende ze het deksel en rook de zoete geur van cederhout. De kist was gevuld met netjes opgevouwen sweaters en truien.

Ze haalde de sweaters er een voor een uit, tot ze op iets stuitte dat geen sweater was. Ze haalde een klein plat doosje uit de kist en hield haar adem in toen ze het opende. De inhoud was in verschillende lagen papier gedraaid, die ze er nu afrolde. Met wijdopen ogen van verbazing plukte ze uit de doos een piepklein wit handschoentje. Haar eigen witte handschoentje, besefte ze, waarschijnlijk het handschoentje dat ze de dag van haar doopsel had gedragen. Al die tijd had ze niet geweten dat het bestond. Ze draaide het voorzichtig terug in zijn cocon van papier en zette de doos opzij.

Opnieuw dook ze in de kist en weer haalde ze iets tevoorschijn dat geen sweater was. Haar handen beefden toen ze het zware voorwerp ophief: nog iets dat ze nog nooit had gezien. Een fotoalbum. Al die jaren had hij gezegd dat er geen foto's waren, dat ze allemaal verbrand waren en al die jaren had hij een fotoalbum verborgen op de bodem van zijn kist. Ze zat in kleermakerszit op de vloer met het album op haar schoot. Haar vingers trilden toen ze het opensloeg.

Zanny zuchtte van teleurstelling. Het album zat vol foto's, maar er was geen enkele van haar moeder bij. Het enige gezicht dat ze herkende, was dat van haar vader. Alle foto's waren genomen in slaapkamers - tenminste, in kamers die waren ingericht als slaapkamers, met vrolijk behangpapier, leuke meubels en mooie schilderijen aan de muren. Maar de bedden waren telkens ziekenhuisbedden en de kinderen die erin lagen waren koortsig en graatmager. De foto's waren allemaal in het ziekenhuis genomen, besefte Zanny. Onder elke foto stond met zwarte inkt een naam en een datum geschreven. Voor elke datum stond een kruisje. Tussen de bladzijden zaten kaartjes en berichtjes, allemaal aan haar vader gericht, om hem te bedanken. Om de hulpverpleger te bedanken. Zanny herinnerde zich de woorden van de bibliothecaresse in het ziekenhuis en de verpleegster op de kinderafdeling. "Je vader was zo goed voor ze," hadden ze gezegd. "Hij wist hoe hij ze gelukkig kon maken." Ze worstelde met dat beeld, probeerde zich voor te stellen hoe haar vader een klein, ziek kind opvrolijkte. Ze bladerde door het album en las de berichtjes. Sommige waren geschreven in rare blokletters of met een onzekere kinderhand. Sommige waren van mensen die dezelfde achternaam hadden als de kinderen en die de kinderen in hun berichtjes vernoemden. Moeders en vaders, dacht Zanny, van kinderen die waren overleden.

Terwijl ze zich door het album heen werkte en de kaartjes en berichtjes las, kreeg ze tranen in haar ogen. Ze had het nauwelijks met haar vader over zijn werk gehad. Het had haar niet eens geïnteresseerd. Per slot van rekening was hij toch maar een hulpverpleger.

Ze klapte het album dicht. Toen ze opstond om het weer in de kist te leggen, viel er iets uit. Een envelop. Waarschijnlijk nog een bedankbriefje. Ze raapte hem op en las wat erop stond: te openen na mijn dood. Ze opende haar mond om Nick te roepen, om hem te vertellen dat ze iets had gevonden, misschien hetgene wat ze zochten. Maar een dichtslaande deur en een harde stem beneden legden haar het zwijgen op. Ze propte de envelop in de zak van haar spijkerbroek, begroef het album weer onder de stapel sweaters in de kist en deed het deksel dicht.

"Wie is daar?" riep ze.

Onmiddellijk hoorde ze voetstappen die van twee kanten op haar af kwamen. Van boven hoorde ze het gekletter van Nicks voeten die de ladder afkwamen en van beneden kwamen er verschillende paren voeten de trap op. Nick, Wiley en twee politieagenten in uniform verschenen tegelijkertijd op de overloop.

"Wat doet u hier?" zei Zanny tegen Wiley. "Wie heeft u de toestemming gegeven om hier binnen te komen?"

Wiley keek bijna verontschuldigend terwijl hij een document uit zijn jaszak opdiepte.

"De rechtbank. Sorry, Zanny, maar ik heb het je al gezegd. Ik heb een opdracht en ik ben van plan die tot een goed einde te brengen. Deze twee agenten," hij knikte over zijn schouder naar de twee politieagenten, "komen me helpen."

Zanny keek naar Nick, die zijn schouders ophaalde. Ze wist dat hij gelijk had. Ze konden niets doen, niet als Wiley twee politieagenten bij zich had.

"Kom, Zanny," zei Nick. "We zijn weg."

Zanny liep langs Wiley door en volgde Nick de trap af en naar buiten. Ze popelde om hem te vertellen wat ze had ontdekt. Maar toen ze de voordeur uitliepen en de oprit afwandelden, stond ze opeens oog in oog met Everett Lloyd.

"Mevrouw Finster zei dat je hier was," glimlachte hij. Hij keek naar de spijkerbroek en T-shirt die ze aan had en toen op zijn horloge. "Ik ben blijkbaar een beetje te vroeg."

Zanny keek ook op haar horloge. Het was vijf over zes. Hij was niet te vroeg. Zij was te laat.

"Ik ga me even verkleden," zei ze snel. "Bel je me morgen, Nick?"

Nick knikte en kuste haar lichtjes op haar wang. Zanny liep met gloeiende wangen met haar oom naar het huis van mevrouw Finster. De envelop die ze had gevonden brandde een gat in de zak van haar spijkerbroek.

"Waar zou je uit eten willen gaan?" vroeg Everett Lloyd.

"Er is niet zoveel keuze," antwoordde ze. "Je hebt de Burger Shack. En Alice's, waar de bus stopt en de vrachtwagenchauffeurs graag naartoe gaan. En dan is er nog Diamond Jim's steakhouse langs de snelweg."

## 9

Zanny zat tegenover haar oom aan een tafeltje achterin Diamond Jim's steakhouse.

"Is er iets bij dat je graag lust?" vroeg hij. Hij glimlachte. Het leek wel of hij altijd glimlachte.

Ze zat nu al meer dan vijf minuten naar het menu te staren, maar ze had het niet gelezen. Ze zat te denken aan de envelop die ze in haar koffer onder het bed van mevrouw Finsters zoon had gelegd. Ze had hem daar niet moeten achterlaten. Ze had hem in haar handtas moeten stoppen en meenemen. Dan was het uitgesloten dat iemand hem zou vinden en lezen voor zij de kans had om hem te bekijken. Trouwens, als ze hem had meegenomen, had ze naar het toilet kunnen gaan en hem daar kunnen openen. Ze had nu al kunnen weten wat erin stond.

"Zanny?" Everett Lloyd drong vriendelijk aan. "Heb je al besloten wat je wilt eten?" Hij knikte naar een ober in de buurt.

Ze schudde blozend haar hoofd.

"Wil je een steak of iets anders?" vroeg hij. "Kip aan het spit, misschien? Of kalfsvlees. Lust je kalfsvlees?"

Zanny keek naar het menu. "Ik zal de kip maar nemen."

Hij gaf de ober haar bestelling door en koos zelf een steak. Toen de ober de menu's weer meenam, had Zanny niets meer om zich achter te verschansen. Ze moest haar oom wel aankijken. Deze keer was hij degene die wegkeek. Hij speelde een paar ogenblikken met de voet van zijn waterglas. Toen hij weer opkeek, glimlachte hij niet meer.

"Ik heb vanmiddag weer met de politie en de kinderbescherming gepraat," zei hij. Zanny's maag zat vol vlinders, die om het hardst fladderden. Ze wist niet of ze dit wel wilde horen. "Ze hebben een paar vrienden van de familie in Chicago opgespoord, mensen die mij en je moeder kenden. Het ziet ernaar uit dat ze ervan overtuigd zijn dat ik je oom ben... en dat jij mijn nichtje bent."

De ober schoof een slaatje voor Zanny en een voor Everett Lloyd. Zanny pakte haar vork en prikte in de sla.

"Daarom en omdat het zo in je vaders testament stond, ben ik nu verantwoordelijk voor je. We moeten daar eens over praten, Zanny. We moeten beslissen wat je gaat doen."

De gevolgen van dit nieuws sijpelden langzaam door. De man tegenover haar had haar toekomst in zijn handen. Misschien waren de autoriteiten ervan overtuigd dat hij haar oom was, maar voor haar was hij een volslagen vreemde. En toch was hij verantwoordelijk voor haar. Hij kon beslissen hoe haar leven verder zou verlopen. Nu zou hij bepalen hoe laat ze thuis mocht komen, hij zou beslissen met wie ze uit mocht gaan en wanneer, hij zou beslissen waar ze ging wonen.

Zanny had geen zin meer in haar slaatje. Hij zou beslissen waar ze ging wonen. En aangezien hij in Chicago woonde, zou zij daar ook heen moeten verhuizen. Ze zou Birks Falls en het huisje op de heuvel moeten verlaten. Ze zou het hoge gras en de ochtendnevel en het vredige gekwetter van de mussen en winterkoninkjes moeten verlaten. En ze zou Nick moeten verlaten.

Alweer alles achterlaten. Ze wist niet of ze dat aankon. Chicago was zo ver weg. Niet zo ver als Duitsland en Lily, maar ver genoeg om het heel moeilijk, zoniet onmogelijk te maken voor Nick om haar te komen bezoeken of voor haar om hem te bezoeken. En wat als ze Chicago helemaal niet leuk vond, of haar oom, of haar tante? Het was niet eerlijk. Ze wilde dit helemaal niet. Zonder dat iemand haar ook maar iets had gevraagd, was haar toekomst helemaal uitgestippeld en het was niet de toekomst die ze zelf zou hebben gekozen.

Ze nam het linnen servet van haar schoot, legde het op de tafel en stond op.

"Zanny, ga nou alsjeblieft niet weg." Everett Lloyd raakte haar hand aan. "Ik wil met je praten. Ik wil je leven niet overhoop gooien. Daarvoor ben ik hier niet. Ik zou willen weten wat jij wilt."

"Ik kan u al vertellen wat ik niet wil," zei ze. "Ik wil niet naar Chicago verhuizen."

"Laten we er dan over praten. Misschien kunnen we iets regelen."

Ze keek hem wantrouwig aan. "U bedoelt, iets regelen zodat ik hier niet weg hoef?"

"Niet als je dat echt niet wilt."

"Maar u zei dat u verantwoordelijk voor me..."

"Mevrouw Finster heeft aangeboden om je bij haar te laten wonen."

"Echt waar?"

Everett Lloyd knikte.

Zanny legde het servet terug op haar schoot en keek hem nu nieuwsgierig aan.

"Hoe is dat onderwerp ter sprake gekomen?" vroeg ze. "Is zij erover begonnen of u?"

"Zij. Ze dacht dat je wat meer tijd nodig had om afscheid te nemen van je vader."

Zanny was verrast. Ze vond mevrouw Finster aardig en was haar dankbaar, maar ze had nooit gedacht dat ze zo begrijpend zou zijn.

"Ik heb haar gezegd dat ik dat een goed idee vond," zei hij. "Wij - mijn vrouw Margaret en ik - zouden het heerlijk vinden als je bij ons in Chicago zou komen wonen, Zanny. We denken dat het goed voor je zou zijn om bij je familie te zijn. Maar we willen je pas laten komen als je er klaar voor bent. Je mag bij mevrouw Finster blijven wonen, ten minste tot het einde van het schooljaar. Misschien kun je hier een vakantiebaantje zoeken. En misschien kun je ons een paar dagen komen opzoeken. Wie weet? Misschien kom je wel tot de conclusie dat je het leuk vindt in Chicago. Maar dan heb je in elk geval je tante en je neef en nicht al ontmoet."

Een neef en nicht? Dat was pas nieuws. "Hebt u kinderen?"

"Ja, Trish is zes en Rob is acht."

Zanny probeerde zich hem voor te stellen met kinderen die hem papa noemden. Hij viste in zijn zak en haalde zijn portefeuille tevoorschijn. Hij haalde er nog meer foto's uit. Ze bewonderde de twee kinderen. Ze leken erg op hun vader. Ze herinnerde zich de foto van haar moeder die hij haar had gegeven en hoeveel ze zelf op haar moeder leek.

"Wat was mijn moeder voor iemand?" vroeg Zanny.

Haar oom zweeg even en toen gleed er langzaam een glimlach om zijn lippen. "Als kind kon ze soms behoorlijk klieren. Ze hing constant aan mijn broekspijpen. Mama liet haar meegaan op mijn afspraakjes, om er zeker van te zijn dat ik me als een gentleman zou gedragen." Hij grinnikte. "Dan gaf ik haar geld om snoep te gaan kopen. Als je nagaat hoeveel ze van dat spul naar binnen heeft gekregen, is het een wonder dat ze zo slank is gebleven." Hij zuchtte. "Ik herinner me nog de dag dat ze is geboren, weet je. Ik ging mijn moeder in het ziekenhuis bezoeken en ik mocht haar vasthouden. Ze was vier uur oud."

Een bitterzoete glimlach speelde op zijn gezicht en hij staarde in het niets. Toen keek hij weer naar Zanny. "Je moeder was een fantastische danseres. Ze begon met balletles toen ze zes was. Het was alsof ze ervoor geboren was. Toen ontdekte ze moderne dans. Ik zette de tv altijd af als er een van die oude dansfilms op was, ik vond die belachelijk. Ik vond dansen zelf maar idioot tot ik je moeder op het podium zag. Ze was veertien en ze was adembenemend. Ze is blijven dansen tot ze haar eerste, nou, ja, tot ze moeder is geworden. Je lijkt als twee druppels water op haar, Zanny."

"Hebt u..." Ze aarzelde. Dit was zo vreemd. Ze zat tegenover een man die ze pas sinds gisteren kende en hij wist zoveel over de moeder die zij zich niet eens kon herinneren. "Hebt u nog meer foto's van haar?"

Hij glimlachte vriendelijk. Die lach had iets troostends, iets warms. Ze vroeg zich af of haar moeder ook zo had geglimlacht. Hij tastte in zijn jaszak, haalde er een dikke envelop uit en gaf hem aan haar.

"Ik dacht dat je wel meer zou willen weten. Ik heb het fotoalbum geplunderd voor ik uit Chicago vertrok."

Zanny opende de envelop en keek erin. Er zaten tien foto's in. Ze staarde ernaar als een bedelaar naar een feestmaaltijd. Haar hand beefde toen ze ze uit de envelop haalde.

"Dat is je moeder als klein meisje," zei Zanny's oom. "Ze was drie op die foto. Ze praatte aan een stuk door toen ze drie was, herinner ik me en haar lievelingswoord was waarom. Waarom is de lucht blauw? Waarom hebben giraffen een lange nek? Waarom hebben leeuwen lange haren en waarom alleen de mannetjesleeuwen en niet de vrouwtjes? Papaleeuwen en mamaleeuwen, noemde ze ze. En die foto..."

Zanny keek naar de volgende foto: een klein meisje met één tand eruit, dat in de camera lachte.

"... die is van haar vijfde verjaardag. Ze heeft dat jaar misschien wel tien Barbies gekregen. Ze wilde niks anders. Alleen Barbies."

Zanny's moeder groeide op voor haar ogen terwijl ze de foto's een voor een bekeek. Hun eten kwam. Zanny at, maar proefde niets. Ze was betoverd door de foto's en door de verhalen die haar oom vertelde. Die waren alles wat ze hoorde, alles wat haar kon schelen.

En toen, na de trouwfoto van haar ouders, was er geen foto meer.

"Wat is er gebeurd?" vroeg Zanny.

Er flikkerde pijn in de ogen van haar oom. "Je bedoelt het ongeluk?"

Zanny knikte. Niemand had het haar ooit verteld - niet het hele verhaal. Haar vader trok zich altijd terug in lange stiltes als ze er iets over vroeg, dus had ze niets meer gevraagd. Haar oom hulde zich nu in dezelfde stilte.

"Het was een auto-ongeluk," zei hij.

"Wat voor auto-ongeluk?" Zanny beeldde zich honderden mogelijkheden in en even veel redenen waarom haar vader er nooit over wilde praten. "Zat mijn vader in de auto toen het gebeurde? Was het zijn schuld?"

Haar oom leunde achterover op zijn stoel en reikte naar zijn glas wijn. "Wat heeft je vader je verteld?"

"Niks. Hij heeft me nooit iets verteld. Ik wil het weten. Heeft hij... was hij op een of andere manier verantwoordelijk voor de dood van mijn moeder?"

Zanny's oom was een ogenblik als versteend, toen schudde hij zijn hoofd. "Ik denk het niet, Zanny. Voor zover ik weet was het niet zijn schuld."

De ober bracht de rekening. Haar oom glimlachte, dit keer een beetje te makkelijk en nog niet half zo warm als eerst.

"Nou," zei hij, "het wordt al laat. Ik kan je maar beter terugbrengen naar mevrouw Finster. Je kunt eens nadenken over wat ik heb voorgesteld. We kunnen er morgen over praten."

Hij stopte bij de voordeur, kletste nog wat met mevrouw Finster en vertrok.

Zanny ging naar boven. Ze legde de envelop met foto's op de ladekast, ging op het bed zitten, leunde naar voren en haalde haar koffer onder het bed vandaan. Ze opende de koffer en tastte in een van de zakken om de envelop eruit te halen die ze daar had verstopt. Ze hield hem een ogenblik in haar hand en staarde naar het handschrift dat ze zo goed kende. Ze vroeg zich af wat er door haar vader heen was gegaan toen hij deze woorden schreef, of hij ze had geschreven omdat hij verwachtte dat ze zo kort daarna al zouden worden gelezen.

Ze haakte haar pink onder de flap van de envelop en scheurde de vouw open. Er zaten twee bladen papier in. Ze trok ze eruit en plooide ze open. Op het eerste blad stond haar vaders kleine krullerige handschrift. Langzaam las ze het bericht.

*Lieve Zanny,*

*Ik ben deze brief al honderd keer opnieuw begonnen, maar nooit komen de juiste woorden.*

*Het is zo moeilijk om dit te schrijven, omdat ik weet dat als je dit leest, ik dood zal zijn. Niemand denkt daar graag aan.*

*Ik kan je niet alles vertellen. Het is een te lang en te ingewikkeld verhaal en ik weet niet eens of ik er zelf wel iets van snap. Maar ik kan je wel zeggen dat ik destijds heb gedaan wat ik op dat moment juist achtte. Als ik alles kon overdoen, weet ik niet of ik het op dezelfde manier zou doen, maar het heeft geen zin om het verleden ongedaan te willen maken. Het enige wat ik kan doen, is je zeggen dat ik er spijt van heb.*

*Ik weet dat wat ik heb gedaan, jouw leven moeilijker heeft gemaakt en dat spijt me. Ik heb je nooit willen kwetsen. Ik hoop dat je dat kunt geloven en dat je, als je aan me denkt, je de goede dingen herinnert.*

*Wees sterk, Teddybeer. Ik hou van je, Papa.*

Zanny staarde door haar tranen heen naar het blad papier en wou dat ze het nooit had gevonden. Ik heb gedaan wat ik op dat moment juist achtte. Ze wilde het niet geloven, maar het was waar. Hij gaf toe dat hij had gedaan waar ze hem van beschuldigden. Hij had er spijt van, maar hij gaf het toe. Ik weet dat wat ik heb gedaan, jouw leven moeilijker heeft gemaakt. Hij had tien miljoen dollar gestolen en daardoor stond haar hele leven op zijn kop. Al die jaren had hij gelogen tegen zijn eigen dochter. Hij had haar dingen laten geloven die niet waar waren. Al die jaren had ze zelfs haar echte naam niet gekend. Ze verfrommelde het blad papier en gooide het door de kamer. Rotzak.

... denk aan de goede dingen.

Wees sterk, Teddybeer. Hij moest dit berichtje lang geleden al hebben geschreven. Zanny kon zich niet herinneren wanneer haar vader haar nog Teddybeer had genoemd, maar het was in elk geval jaren geleden. Ze herinnerde zich hoe ze had gehouden van die troetelnaam. Ze had er zich altijd bijzonder door gevoeld, heel dicht bij hem.

Ze liet zich van het bed zakken en liep langzaam door de kamer om de bal verfrommeld papier op te rapen. Zachtjes streek ze het blad glad, plooide het weer op en legde het voorzichtig op het nachtkastje.

Ik hou van je. Papa.

Ik hou ook van jou, papa. Ik mis je. Ik mis je zo.

Ze veegde een traan weg toen ze het tweede blad papier uit de envelop openvouwde. Daarop stond in grote blokletters een reeks letters en cijfers geschreven: S105.5F2P2291909. Letters en cijfers waar ze geen patroon in kon ontdekken. Wartaal. Ze konden alles betekenen. Of niets.

Nee, niet niets. Niemand zou een reeks letters en cijfers zonder betekenis opschrijven, in een envelop stoppen en er dan 'te openen na mijn dood' op schrijven. Zeker niemand die tien miljoen dollar had gestolen. De letters en cijfers moesten iets betekenen. Ze waren de sleutel waar ze naar op zoek was geweest. Als ze ze kon ontcijferen, zou ze weten waar het geld was.

Maar hoe kon ze hun betekenis ontcijferen? Dat was de vraag.

WS105.5. Wat kon dat zijn? Letters die voor cijfers stonden en cijfers die voor letters stonden? Misschien. W was de drieëntwintigste letter van het alfabet, S de negentiende. Het getal 105 zou JE.2319JE zijn? Zanny staarde gefrustreerd naar het stuk papier. Het was een code, maar wat voor code? En waar was de sleutel? Wat was de sleutel?

Ze bleef naar het stuk papier staren, maar er kwam niks. Na een tijdje stopte ze het terug in de envelop en deed ze die terug in de koffer. Het moest iets betekenen. Er moest een manier zijn om het te oncijferen. Maar toen ze haar ogen sloot, was het niet de code die ze zag dansen. Het was het gezicht van haar vader, dat vier simpele woordjes sprak, woorden waarvan ze wou dat ze ze vaker hardop had horen zeggen. Toen ze eindelijk in slaap viel, was haar kussen klam.

✣ ✣ ✣

Ze sliep zo slecht, dat toen mevrouw Finster haar wakker kwam maken, ze het gevoel had dat het nog midden in de nacht was. Maar op de wekker die op het nachtkastje stond, was het kwart over zeven. Toch was Zanny verbaasd. Mevrouw Finster had haar altijd laten uitslapen. Maar nu wervelde ze door Zanny's kamer, trok ze de gordijnen open en gooide ze Zanny haar jurk toe.

"De inspecteur staat beneden te wachten," zei ze. "Haast je maar."

Zanny knipperde met haar ogen en ging overeind zitten. "De inspecteur?"

"Inspecteur Jenkins. Hij wil je spreken. Er is een moord gepleegd."

## 10

Inspecteur Jenkins zat in de woonkamer van mevrouw Finster koffie te drinken uit een porseleinen kopje met een oortje dat te klein was voor zijn hand. Hij leek wel een reus die het theekopje van een kind vasthield. Hij zette het kopje neer en stond op toen Zanny de kamer binnenkwam.

"Het spijt me dat ik je wakker heb gemaakt," zei hij. "Ik heb zo lang mogelijk gewacht."

Hij had zwarte kringen onder zijn ogen. Hij zag eruit alsof hij de hele nacht wakker was geweest.

"Mevrouw Finster zei dat mijnheer Sullivan dood is."

Inspecteur Jenkins knikte. "Ik ben bang dat dat klopt."

"Ze zei dat hij is vermoord. Is dat ook waar?"

De inspecteur knikte opnieuw. "Hij is gisteravond vermoord. Blijkbaar is hij op het hoofd geslagen met een zwaar voorwerp. Zijn kantoor lag helemaal overhoop."

"Ik kende hem nauwelijks," zei Zanny. "Ik heb hem maar één

keer ontmoet. Waarom wilt u er met mij over spreken?"

"Omdat we iets hebben gevonden in zijn vuilnisbak. Ga zitten, Zanny."

Ze ging zitten. "Wat dan?"

"Een dossier. Het grootste deel ervan was verbrand, bijna alles, eigenlijk. Het enige wat nog overbleef, was het etiket. Het was het dossier van je vader, Zanny."

Het dossier van haar vader. De dikke map met alle zaken die mijnheer Sullivan voor haar vader had behartigd. Het vertrouwelijke dossier.

"We hebben er geen idee van wie het heeft verbrand, Sullivan of zijn moordenaar en we weten ook niet of het is verbrand voor Sullivan werd vermoord of erna. Maar het blijkt het enige dossier in het kantoor te zijn dat werd vernietigd."

Terwijl Zanny het nieuws tot zich door liet dringen, dronk de inspecteur de rest van zijn koffie op. Toen zei hij: "Jij bent de dag na de begrafenis naar het kantoor van mijnheer Sullivan gegaan, hè Zanny?"

Zanny knikte. "Mijnheer Sullivan heeft mijn vaders testament voorgelezen."

"Toen je daar was, heb je toen nog andere papieren gezien die je vader aangingen? Heb je dat dossier te zien gekregen?"

Zanny schudde haar hoofd. "Ik heb die map gezien, maar dat is alles. Hij lag op het bureau. Ik zag mijn vaders naam erop staan, maar ik heb er niet in gekeken. Ik vroeg het aan mijnheer Sullivan, maar hij weigerde. Hij zei iets over privileges van de cliënt. Denkt u dat mijnheer Sullivan werd vermoord om dat dossier?"

"Dat kan ik niet zeggen," antwoordde de inspecteur, "maar daar heb ik zeker aan gedacht. Eerst wordt je vader vermoord..."

Zanny fronste haar wenkbrauwen. "Ik dacht dat u zei dat u mijn vaders dood beschouwde als zelfmoord?"

Inspecteur Jenkins knikte. "Dat was onze eerste theorie. Maar in het licht van alles wat we over je vader te weten zijn gekomen, hebben we de mogelijkheid van zelfmoord uitgesloten. Nu is zijn notaris vermoord en hebben we het dossier van je vader verbrand in de vuilnisbak van zijn kantoor teruggevonden. Ben je er zeker van dat je niet meer over dat dossier weet, Zanny?"

"Heel zeker."

Inspecteur Jenkins hief zijn kopje op, zag dat het leeg was en zette het weer neer. "Oké," zei hij. "Maar als je aan iets denkt dat me zou kunnen helpen, om het even wat, zelfs al weet je niet goed wat het betekent, dan bel je me, hè. Heb je mijn visitekaartje nog?"

Zanny knikte.

Zodra inspecteur Jenkins verdwenen was, kleedde Zanny zich snel aan. Toen ze naar beneden stommelde en de deur uit wilde gaan, was mevrouw Finster bezig met het ontbijt.

"Waar ga je naartoe?" vroeg ze. "Je oom komt zo."

"Hij komt pas over een uur," zei Zanny. "Dan ben ik terug."

Ze trok haar jas aan en liep naar haar huis. Er moest daar ergens iets zijn dat haar hielp om de betekenis te vinden van het stukje papier dat ze in de envelop had gevonden. De wirwar van letters en cijfers was het spoor naar de vermiste tien miljoen dollar en ze was vastberaden om ze te ontcijferen.

Ze hield abrupt haar pas in toen ze een man in haar voortuintje zag, die een bord met 'Te huur' in de grond sloeg met een mokerhamer. Ze kreeg een knoop in haar maag toen ze hem bezig zag. Bij elke slag werd de knoop strakker aangehaald en ze besefte dat ze hoe dan ook dit huis zou moeten verlaten. Het zou nooit meer haar thuis zijn. Ze liep langs de man van het makelaarskantoor heen en de trap op.

"Hé," riep de man. "Hé, jij daar! Waar denk je dat je heengaat? Dat huis staat leeg. Hier woont niemand meer."

Zanny klemde haar vuist rond de sleutel in haar jaszak. De woorden van de man echoden in haar oren. "Hier woont niemand meer. Dat huis staat leeg." Het was leeg, maar vol van haar herinneringen. Ze haalde de sleutel uit haar zak en hield hem omhoog, zodat de man hem kon zien.

"Ik woon hier," zei ze tegen hem. "Dit is mijn huis. Dit is het huis van mijn vader."

De man keek naar de sleutel. Hij opende zijn mond om iets te zeggen, maar bedacht zich. Hij gooide de mokerhamer in de kofferbak van zijn auto. Zanny stak de sleutel in het slot en merkte toen dat de deur niet eens op slot was. Ze draaide zich om naar de makelaar, maar hij zat al in zijn auto. Toen ze haar hand opstak om zijn aandacht te trekken, reed hij de oprit af. Zanny draaide zich weer naar de deur. Ze duwde hem energiek open en sloot hem achter zich. De sleutel stak ze weer in haar zak. De makelaar had vergeten de deur te sluiten, zei ze tegen zichzelf. Toen zei een stem achter haar: "Goeiemorgen," en ze sprong bijna uit haar vel. Met bonzend hart draaide ze zich vliegensvlug om en keek recht in het gezicht van rechercheur Wiley.

"Wat doet u hier?" beet ze.

Wiley keek rond. "Voor een klein huis is dit een behoorlijk groot huis, als je weet wat ik bedoel. Ik ben nog steeds aan het zoeken. Ik kam deze plek volledig uit. Ik ben trouwens blij dat ik je tref. Dat bespaart me de wandeling naar hiernaast."

"Wat wilt u van me?"

"Het is me niet ontgaan dat je met een nieuwe vriend optrekt," zei Wiley.

Het was hem niet ontgaan? Het duurde even, maar toen snapte ze het. "Bespioneert u mij?"

Hij haalde verontschuldigend zijn schouders op. "Je vader heeft tien miljoen dollar gestolen. Het geld is nooit teruggevonden. Ik zou mijn werk niet goed doen als ik je niet in de gaten hield."

Zanny huiverde. Iemand van de federale politie had haar bespioneerd.

"Je bent gisteren uit gaan eten met een man. Wie was dat, Zanny? Weet je dat?"

Hij had haar gisterenavond bespied.

"Zanny?"

"Natuurlijk weet ik wie hij is. Het is mijn oom."

Wiley schudde zijn hoofd. "Ik bedoel niet wie hij zegt dat hij is. Ik bedoel wie hij echt is. Weet je dat?"

Zanny staarde hem aan. Wat bedoelde hij? Waar had hij het over?

"Ken jij de familienaam van je moeder?" vroeg Wiley.

"'Tuurlijk ken ik die." Tenminste, nu wel. Als hij haar een paar dagen geleden hetzelfde had gevraagd, voor haar vader was gestorven, had ze het niet geweten.

"Het was Masters," zei Wiley.

"Het was Lloyd," bracht Zanny ertegenin.

Rechercheur Wiley nam een blad papier uit zijn zak, vouwde het open en gaf het aan haar.

"Het was Masters. Jennifer Masters."

Ze staarde naar het blad papier. Het was een kopie van een huwelijksakte. Er stonden twee namen op: Michael Alexander en Jennifer Masters.

Langzaam schudde Zanny haar hoofd. "Dat is niet juist. Het was niet Masters, het was Lloyd. Mijn oom heet Lloyd. Everett Lloyd."

"Je moeders familienaam was Masters," zei Wiley. Hij nam het blad papier en stopte het terug in zijn zak. "Ik weet niet wat die Everett Lloyd je heeft verteld..."

"Hij heeft me foto's laten zien. Foto's van mijn moeder. Een heleboel."

Wiley leek niet onder de indruk.

"Ik zou iemand een foto van jou kunnen laten zien, maar daarom ben je mijn zus nog niet."

Wat bedoelde hij? Wat probeerde hij haar te vertellen? "Maar ik heb foto's gezien van hen samen, van mijn moeder en mijn oom."

Wiley knikte medelevend. "Je zou ervan versteld staan wat ze tegenwoordig allemaal met foto's kunnen doen. Je hebt die reclamespots toch wel gezien, waar acteurs met filmsterren praten die al jaren dood zijn? Met de computer kunnen ze alles." Hij tastte weer in zijn zak en haalde er nog een ander blad papier uit, dat hij ook openvouwde en aan haar gaf.

Zanny staarde ernaar. Het was een foto van haar. Twee foto's eigenlijk. Een van haar toen ze nog een peuter was, niet ouder dan twee jaar. En een van haar nu. De tweede leek niet helemaal, maar kwam akelig dicht in de buurt.

"Die foto werd gemaakt met de computer," zei Wiley. "Je stopt er de foto van een kind van, laat ons zeggen, twee jaar in en de computer veroudert de foto en levert een afbeelding af van hoe dat kind eruit zal zien als het vijftien of zestien jaar is. Zo ben ik je vader op het spoor gekomen, Zanny. Iemand van onze inlichtingendienst zag je foto in de krant en vergeleek hem met die computerafbeelding. Als ik dat kan, denk je dan niet dat iemand anders hetzelfde kan doen?"

"Maar ik heb foto's van mijn moeder gezien."

"'Tuurlijk zag je foto's. Maar hoe weet je of het foto's van je moeder waren? Je had toch nog nooit een foto van haar gezien, Zanny? Je weet helemaal niet hoe ze eruitzag."

"Ze leek heel erg op mij," zei Zanny. Het moesten echte foto's zijn. Ze wilde niet geloven dat ze niet echt waren.

"Soms zie je alleen wat je wilt zien," zei Wiley zacht. "Dat heb je met verdriet. Maar geloof me, dat zijn geen foto's van je moeder. Ik zou je een map kunnen laten zien. Ik zal ze van Washington hierheen laten sturen. Je mag ze lezen. Je zult zelf zien dat je moeder een serveerster uit Dearborn was, die Jennifer Masters heette."

"U bedoelt een danseres."

"Ze was een serveerster die ervan droomde om model te worden. Maar in plaats daarvan trouwde ze met je vader."

"Maar mijn oom zei..."

"Jennifer Masters was enig kind. Je moeder had geen broers of zussen."

Zanny staarde hem vol ongeloof aan. "Maar als dat waar is..." Wat was er aan de hand? Wat gebeurde er? "Als ze geen broer had, dan..."

"Dan is die Everett Lloyd niet je oom. Luister, Zanny. Je moeder had geen broer. En zelfs als ze er een had, zou hij niet Everett Lloyd hebben geheten."

"Als hij mijn oom niet is," zei ze langzaam, "wie is hij dan wel?"

"Volgens mij werkt hij voor Luigi Pesci."

"Luigi Pesci?" Ze had die naam eerder gehoord.

"Het hoofd van de familie waar je vader het geld van heeft gestolen. Ze hebben je blijkbaar eindelijk gevonden."

"Maar daar klopt niets van. Waarom zou mijn vader een crimineel aanstellen als mijn voogd?"

"Wie zegt dat hij dat heeft gedaan? Hij heeft iemand die Everett Lloyd heet aangesteld als je voogd. Hoe weet je of die kerel echt Everett Lloyd is?"

"De politie en de kinderbescherming zeggen dat ze hem hebben gescreend..."

Wiley schudde zijn hoofd. "De politie en de kinderbescherming hebben hem gescreend met gegevens die hij zelf heeft aangebracht. Ze hebben geen reden om te denken dat hij niet is wie hij beweert te zijn. Maar hoe is hij hier terechtgekomen? Wie heeft er contact met hem opgenomen?"

Zanny huiverde toen ze zich herinnerde wat inspecteur Jenkins haar had verteld. "Het was toeval," had hij gezegd. De politie had Everett Lloyd niet gevonden. Everett Lloyd had de politie gevonden. Everett Lloyd was al op zoek naar Zanny voor haar vader stierf. Wat betekende dat Wiley het bij het rechte eind had. De Pesci-familie was haar vader blijven zoeken.

"Maar het is allemaal zo lang geleden gebeurd," zei ze. "Bedoelt u dat ze mijn vader al die tijd hebben gezocht? Vijftien jaar lang?"

"Als het om tien miljoen dollar draait, hebben mensen een goed geheugen. Een heel goed geheugen. Ik wed dat er geen enkel lid van de familie is dat je vader niet van foto kent. Ze zijn altijd blijven zoeken."

Zanny voelde haar maag keren. Ze voelde zich misselijk worden. Dit kwam recht uit de film. Dit kon haar toch niet overkomen? Het kon niet waar zijn dat ze haar vader al die tijd op de hielen hadden gezeten.

"Die zogenaamde oom van je zoekt hetzelfde als ik. Hij wil het geld en hij zal alles doen om het te bemachtigen. Alles."

Zanny staarde in Wiley's grijze ogen. "Denkt u dat... dat hij..." Ze kreeg het niet over haar lippen. Dat kon ze echt niet.

"Of ik denk dat hij je vader heeft vermoord? Dat zou me in elk geval niks verbazen."

"Dan moeten we dat aan de politie vertellen."

Wiley antwoordde niet meteen. Hij monsterde haar langzaam van top tot teen. Toen zei hij langzaam, bijna vriendelijk: "Jij zou willen dat alles voorbij was, hè, Zanny? Je zou deze hele rotzooi willen vergeten, hè?"

Zanny knikte. Ze had er alles voor over om uit deze nachtmerrie te ontwaken.

"De beste manier om dat te doen," ging Wiley verder, "is mij te helpen. Ik weet niet hoeveel je zogenaamde oom weet. Hij heeft het geld nog niet, daar ben ik zeker van. Hij zou hier niet rondhangen als hij het had. Maar hij vermoedt misschien waar het is, of hoe hij het kan vinden. Daar kun jij achter komen. Jij kunt me helpen om deze zaak voor eens en altijd op te helderen."

Haar vader was niet wie ze dacht dat hij was. Nu bleek haar oom haar oom niet te zijn.

"Maar de politie..."

"De lokale politie weet niet hoe ze zulke grote zaken moet aanpakken, Zanny. Dat is haar taak niet. Maar wel de mijne. Als jij me helpt om het geld te vinden, zal ik de politie helpen om uit te zoeken wie je vader heeft vermoord. Ik zal er zelfs voor zorgen dat het hele verhaal van je vader geheim blijft, als je dat wilt. Niemand hoeft te weten wie Mitch Dugan eigenlijk was."

Toen dacht ze er weer aan. "Ik heb het in de krant zien staan."

"Wat?"

"Het verhaal van de overval, net nadat het is gebeurd. Ik heb een artikel in de krant zien staan. In de bibliotheek. Maar ik heb er geen enkel vervolg op gevonden."

Wiley fronste zijn wenkbrauwen. "Hoe bedoel je?"

"Als je een krantenartikel leest over iemand die tien miljoen dollar heeft gestolen, verwacht je daar toch een vervolg op. Maar er is niks meer over geschreven. Het is gewoon uit het nieuws verdwenen."

Wiley haalde zijn schouders op. "Reporters maken er soms echt een potje van. Soms kun je een zaak beter niet publiek maken om te vermijden dat er zulke blunders worden geslagen. Maar wat denk je ervan, Zanny? Help je me of niet?"

"Maar ik weet niks."

"Je hebt je hele leven bij je vader gewoond. Je moet toch iets hebben gezien?"

Zanny dacht aan het bericht dat haar vader had achtergelaten voor haar en besefte dat hij eigenlijk geen bericht had achtergelaten. Toen hij dat briefje had geschreven, om het op een of andere manier goed te maken, had hij haar nog niks verteld. Ze had hem nauwelijks gekend en hij had haar nauwelijks vertrouwd.

"Niks," zei ze.

"Hou alles dan goed in de gaten," zei Wiley. "Als je alles in de gaten houdt, kom je vanzelf iets te weten."

# 11

Everett Lloyd zat te wachten in de woonkamer van mevrouw Finster. Zanny monsterde zijn roestkleurige haar, zijn bleekblauwe ogen, zijn rustige, lieve glimlach. Ze had die ogen zo snel vertrouwd, had elk woord uit die vriendelijke mond zo graag geloofd. Ze had elk verhaal, elke foto gretig in zich opgenomen. En nu zat hij daar weer naar haar te glimlachen, klaar om een nieuw verhaal op te dissen. Nou, doe geen moeite, 'oom' Everett, dacht ze, want deze kleine meid gelooft u nooit meer.

"Zanny," zei mevrouw Finster verwijtend, "je hebt je oom laten wachten." Ze zette een bord met koekjes voor hem neer en vroeg of hij nog wat koffie wilde.

Die goeie ouwe mevrouw Finster. Het maakte niet uit wie er kwam of wanneer, altijd schotelde ze hen verse koffie en zelfgebakken koekjes voor.

"Dat geeft niet, mevrouw Finster," zei Everett Lloyd. Hij was altijd zo beleefd, zo begrijpend. "Ik vind het niet erg."

"U komt om te horen wat ik heb beslist, hè?" vroeg Zanny. Ze probeerde haar stem kalm te laten klinken, zodat hij geen argwaan zou krijgen en zou raden dat ze erachter was gekomen wie hij was. "Nou, ik heb beslist dat ik hier wil blijven. U hebt gezegd dat ik bij u mocht blijven, hè, mevrouw Finster?" Zanny keek smekend naar haar buurvrouw. Alstublieft, bedenk u nu niet, dacht ze.

"Natuurlijk, meisje," antwoordde mevrouw Finster. "Ik zou het heerlijk vinden om je hier te hebben, als je zeker weet dat je dat wilt." Ze keek aarzelend naar Everett Lloyd. Mevrouw Finster vindt hem geweldig, besefte Zanny. Ze wil dat ik met hem meega.

"Ik zou hier heel graag blijven. Ik vind vast wel een vakantiebaantje." Ze keek triomfantelijk naar haar 'oom'. "Zo, dat is dan geregeld. U hoeft zich over mij geen zorgen te maken. U kunt weer terug naar Chicago."

Everett Lloyd glimlachte minzaam naar haar over de rand van

zijn kopje koffie. “Dat was ik nou net van plan. Ga je koffers pakken, Zanny. Ik heb voor vanmiddag twee plaatsen in het vliegtuig gereserveerd. Dit leek me het ideale moment om je nieuwe familie te ontmoeten.”

“Wat leuk,” zei mevrouw Finster.

“Ik ga niet mee,” zei Zanny.

“Zanny!” Mevrouw Finster keek geschokt. “Zo praat je niet tegen je oom.”

“Ik kan toch niet gewoon mijn koffers pakken en er zomaar vandoor gaan. Ik heb van alles te doen. Ik heb vrienden... ik heb examens...” Dacht hij nou echt dat ze dom was? Dacht hij dat ze met hem op een vliegtuig naar Chicago zou stappen en iedereen zou achterlaten die haar kon helpen?

De welwillende glimlach op het gezicht van Everett Lloyd smolt weg. “Ik heb vanochtend een lang gesprek gehad met inspecteur Jenkins. We denken allebei dat het verstandig zou zijn om je hier een tijdje weg te halen.”

Mevrouw Finster hapte naar adem. “U denkt toch niet dat ze in gevaar is?”

“Ik ben bang dat ik dat inderdaad denk,” zei Everett Lloyd. “Na alles wat er is gebeurd, Zanny, denk ik niet dat we risico’s mogen nemen. Pak een koffer, we blijven een paar dagen in Chicago en als alles achter de rug is, kun je terugkomen.”

“Ik maak wel een lunchpakket voor onderweg,” bood mevrouw Finster aan.

“U hoeft al die moeite niet te doen,” zei Everett Lloyd. “We krijgen in het vliegtuig wel iets te eten.”

Mevrouw Finster haalde haar neus op. “Vliegtuigmaaltijden! Wie kan die nou eten? Ik ben vorig jaar naar Florida gevlogen om mijn zoon te bezoeken. Ik kreeg geen hap van dat vliegtuigvoer door mijn keel. Dat zou ik nog niet aan een hond geven. Ik zal een broodje met kipsla voor je maken. Dat is zo klaar.”

Everett Lloyd zuchtte. “Dat is heel vriendelijk van u,” zei hij.

"Schiet op, Zanny, ga je koffer nou pakken. We mogen het vliegtuig niet missen."

Zanny ging in stilte de trap op en trok haar koffer onder het bed vandaan. Maar in plaats van hem te pakken, haalde ze er iets uit: het berichtje en het mysterieuze blad papier dat haar vader achter had gelaten. Ze stak het diep in de zak van haar spijkerbroek. Ze liep naar mevrouw Finsters kamer naast de hare en pleegde snel een telefoontje. Toen sloop ze de achtertrap af die naar de keuken leidde. Tussen de trap en de achterdeur stond mevrouw Finster boterhammen te smeren. Zanny hield haar adem in. Ze overwoog om aan mevrouw Finster uit te leggen dat haar oom helemaal geen oom was, maar ze kon zich niet voorstellen dat mevrouw Finster haar zomaar zou geloven. Ze zou honderd vragen stellen en die beantwoorden zou tijd kosten die Zanny niet had. Ze hoorde hoe de stem van Everett Lloyd mevrouw Finster vanuit de woonkamer riep.

Mevrouw Finster hoorde het ook, maar niet duidelijk.

"Wat zegt u?" riep ze. "Wat zegt u, mijnheer Lloyd?" Ze ging de eetkamer binnen om hem beter te horen. Op het moment dat ze met haar rug naar Zanny stond, glipte die de deur uit.

* * *

Vanuit zijn uitkijkpost bij het raam van de kamer op de eerste verdieping in Zanny's huis zag rechercheur Wiley haar het huis van mevrouw Finster verlaten, de tuin oversteken en naar de straat rennen. Hij keek haar een paar ogenblikken na, verliet toen het huis, stapte in zijn auto en volgde haar op een discrete afstand.

* * *

Zanny tokkelde met haar vingers op de tafel en keek op de klok aan de muur. Waar was Nick? Vijf minuten, had hij gezegd toen ze hem belde, maar het waren er al meer dan tien. Misschien had ze een ontmoetingsplaats moeten kiezen die verder van mevrouw Finsters huis lag. Everett Lloyd was haar waarschijnlijk al aan het zoeken. Wat als hij haar vond? Wat als hij haar op de een of andere manier was gevolgd naar het restaurant, door de deur naar binnen kwam en op haar af liep? Dan zou ze gillen, besloot ze. Er waren nog andere mensen in het restaurant - twee dames van middelbare leeftijd die koffie zaten te drinken, een zilverharige man die zat te genieten van een kippenboutje, een student met een stapel bibliotheekboeken voor zijn neus. Als Everett Lloyd haar vond en haar zou proberen te dwingen om het restaurant uit te gaan met hem, zou ze het zo hard als ze kon op een gillen zetten.

Bang!

Zanny sprong op. Haar hart bonsde in haar keel. Wat was dat?

De student aan het tafeltje naast haar lachte schaapachtig en bukte zich om een boek van de grond te rapen. Zanny keek hoe hij het terug boven op de stapel legde en alle ruggen recht legde, zodat de bibliotheeketiketten op één lijn lagen. Langzaam werd haar hartslag weer normaal.

Toen viel er een hand op haar schouder.

Ze opende haar mond, maar de gil bleef in haar keel steken. Ze kreeg hem er niet uitgewrongen. Toen zag ze dat het niet nodig was. Het was niet Everett Lloyd die naast haar stond. Het was Nick. Hij leunde voorover en kuste haar op haar wang, toen op haar mond. Ze keek ademloos toe hoe hij zich op de bank tegenover haar liet glijden.

"Wat is er aan de hand?" vroeg hij. "Je klonk in paniek aan de telefoon. Is er iets gebeurd?"

Zanny beefde terwijl ze hem vertelde over haar gesprek met Wiley en over haar 'oom' die haar mee naar Chicago wilde nemen. Nick schudde ongelovig zijn hoofd.

"Wat akelig voor je," zei hij. Hij reikte naar haar handen en hield ze in de zijne. "Als er ook maar iets is dat ik voor je kan doen, zeg je het, hè?"

Ze knikte dankbaar. "Eerlijk gezegd weet ik niet goed wat ik wil doen. Behalve uit de buurt blijven van Everett Lloyd of wie hij ook is. En uitzoeken waar het geld is."

"Je kunt bij mij blijven logeren," bood Nick aan.

"Vindt je vader dat goed?"

"Hij is er niet. Hij is vaak op reis. Hij blijft een paar dagen weg, dus als je een plaats nodig hebt om onder te duiken..."

Zanny glimlachte flauwtjes. "Ik wou dat je die tien miljoen dollar even makkelijk vond als een plaats om te schuilen."

"Als je het mij vraagt, ben je een heel stuk dichter bij die tien miljoen dan je denkt."

"Hoe bedoel je?"

"Nou, de federale politie vindt dat jij hun beste kans bent om dat geld te vinden. En je oom denkt blijkbaar ook dat je het al hebt of bijna weet waar het is, want waarom zou hij je anders willen meenemen naar Chicago? Je weet meer dan je denkt, Zanny."

"Maar ik weet helemaal niks." Wiley had precies hetzelfde gezegd. "Ik weet echt niks. Ik wou dat ik iets wist." Toen ze ging verzitten op de bank, hoorde ze de envelop in haar zak kreuken. Ze haalde hem eruit en streek hem recht. "Wat is dat?" vroeg Nick. "Een bericht. Van mijn vader."

Zanny herinnerde zich weer precies hoe ze zich had gevoeld toen ze de envelop uit het boek haalde. Ze gaf hem aan Nick. "Te openen na mijn dood." Hij keek haar aan. "Heeft die notaris je dit gegeven?" Ze schudde haar hoofd. "Ik heb hem gisteren in mijn vaders kamer gevonden."

Nick fronste een wenkbrauw. "Wat staat erin?"

"In een deel zegt hij dat hij van me houdt. Ik weet niet wat er in het andere deel staat."

"Hoe bedoel je, je weet het niet?"

"Lees maar."

Ze keek toe hoe hij de twee bladen papier uit de envelop haalde. Hij las eerst het bericht.

"Teddybeer?" zei hij en hij trok zijn wenkbrauwen op.

Zanny bloosde. "Dat was zijn troetelnaam voor mij. Ik... ik heb een moedervlek." Ze bloosde nog meer.

Nick glimlachte. Hij vouwde het tweede blad papier open en onderzocht de wirwar van letters en cijfers. Hij fronste zijn wenkbrauwen. "Daar hebben we ook niet veel aan, hè?" zei ze toen hij naar haar opkeek. "Maar dat is alles wat hij mij heeft nagelaten. Daar moet ik het mee doen."

"Het lijkt wel een code of zo," zei Nick.

"Een onbreekbare code," zei Zanny.

"Je hebt geen idee wat het betekent?"

"Geen flauw idee."

"Dit moet de sleutel zijn waar we naar op zoek zijn. Denk na, Zanny."

"Ik doe niks anders. Sinds ik hem heb gevonden, heb ik erover lopen piekeren, maar ik weet echt niet wat het betekent."

"Je moet het weten. Jij kende je vader beter dan wie ook."

"Dat betekent niks. Ik kende hem blijkbaar helemaal niet."

Nick kneep in haar hand. "Hé, je gaat toch niet huilen, hoop ik. Als we dit willen oplossen, moet je je concentreren."

Zanny schudde haar hoofd. Ze had wel degelijk zin om te huilen, maar ze wist dat hen dat niets vooruit zou helpen. Het zou alleen haar mascara naar de maan helpen.

"Weet je," zei Nick, "als mensen iets verbergen, doen ze dat meestal op een plaats waarvan ze zeker zijn dat ze er altijd bij kunnen. Dat betekent meestal een van deze twee dingen: of ze verbergen het ergens op hun eigen eigendom, of ergens waar ze er altijd bij kunnen."

"Maar we hebben niks gevonden bij mij thuis," zei Zanny.

Nick bestudeerde het bericht nog eens. Hij leunde achterover op de bank. "Dat moet hij een andere schuilplaats hebben gehad.

Denk na, Zanny, was er een plaats waar je vader graag naartoe ging? Wat deed hij als hij niet thuis was?"

Daar hoefde ze zelfs niet over na te denken. "Als hij niet thuis was," zei ze, "was hij aan het werk." Hij maakte zulke lange dagen dat ze soms dacht dat hij niet naar huis wilde komen.

"Had hij geen enkele hobby?" vroeg Nick. "Vrienden waar hij mee optrok?"

"Vrienden? Mijn vader?" Een paar dagen geleden zou ze dat onmiddellijk en heel beslist hebben ontkend. Ze zou hebben gezegd: "Mijn vader heeft helemaal geen vrienden, mijn vader is een eenling."

Maar sinds de begrafenis besefte ze dat de manier waarop zij hem zag, niet noodzakelijk de manier was waarop anderen hem zagen. Ze dacht aan al die dankbare brieven van ouders van kinderen die haar vader de laatste dagen van hun leven had bijgestaan. Ze dacht aan de man op de begrafenis die zichzelf aan haar had voorgesteld als haar vaders beste vriend.

"We zouden met Edward Hunter kunnen gaan praten," stelde ze voor.

"Wie is dat?"

"Hij werkte in het ziekenhuis met mijn vader. Hij zei dat hij hem goed kende. Hij vertelde me op de begrafenis dat mijn vader zijn beste vriend was. Misschien kan hij ons iets vertellen."

"Goed idee," zei Nick. "Kom op, mijn auto staat buiten. We gaan hem zoeken."

✣✣✣

De bibliothecaresse in het ziekenhuis had Zanny verteld waar Edward Hunter naartoe was gegaan. Hij had een oud huis gekocht in River Street en was het aan het verbouwen tot een opvangcentrum. Zij en Nick hadden geen moeite om het te vinden. Het was helemaal niet wat Zanny zich ervan had voorgesteld. De barokke voorgevel van het Victoriaanse huis met drie verdiepingen stond in de steigers en op de vloer van de hal lagen doeken.

"Weet je zeker dat het hier is?" vroeg Nick.

"Ik denk het wel." Zanny keek onzeker de gang in. Hij was helemaal verlaten. "De voordeur staat open. Er moet iemand zijn."

Een stem achter haar zei: "Kan ik je helpen?" en Zanny sprong bijna in de lucht. Ze klemde zich vast aan de slip van Nicks jas, draaide zich met bonzend hart om en stond oog in oog met een slungelachtige man op gympen, die ze herkende van de begrafenis.

Edward Hunter keek haar een ogenblik onderzoekend aan en glimlachte toen.

"Jij bent Zanny, hè?" zei hij. "De dochter van Mitch."

Zanny knikte. "Klopt. En dit is mijn vriend, Nick Mulaney."

Edward Hunter glimlachte beleefd naar Nick. "Wat kan ik voor jullie doen?"

"Nou..." Zanny draaide naar Nick voor steun. Hij knikte. "Ik vroeg me af of ik u eventjes kon spreken over mijn vader."

De glimlach verdween van Edward Hunters gezicht. Zijn ogen werden vochtig. Hij begint te huilen, besefte Zanny met afgrijzen. Maar hij hield zich in. Hij knipperde een paar keer met zijn ogen, snoof en dwong zichzelf weer te glimlachen.

"Natuurlijk," zei hij. "Kom maar mee naar mijn kantoor." Hij leidde hen over doeken en langs trapladders. "Sorry voor de chaos hier. Ik weet dat je het niet zou zeggen, maar over twee weken openen we onze deuren. Als het klaar is, wordt dit huis het best uitgeruste kinderopvangcentrum van de staat. En dat hebben we grotendeels te danken aan jouw vader, Zanny. Ik weet niet hoe hij het heeft gedaan, maar hij slaagde er altijd in om precies te geven wat we nodig hadden. Hij nam altijd de juiste initiatieven, wist welke mensen hij moest aanspreken en praatte net zo lang met ze over onze plannen tot ze er helemaal voor gewonnen waren." Edward Hunter glimlachte toen hij een deur opendeed en hen in een klein kantoortje binnenliet. "Je vader was een geëngageerde fondsenwerver voor dit huis en de meest vastberaden man die ik kende. Maar dat wist jij allang, hè?"

Zanny wist er helemaal niks van. Haar vader had het nooit over deze plek gehad.

"Hij kreeg de werklui zo ver dat ze er akkoord mee gingen om zes dagen per week te werken, zodat we zo snel mogelijk open konden gaan, maar zelfs je vader kreeg ze op zondag niet aan het werk. Ach ja, iedereen heeft toch minstens één dag rust nodig, hè." Hij liep om een bureautje heen dat vol stapels papier en boeken lag - bibliotheekboeken, zoals Zanny aan de etiketten op hun rug kon zien. Hij sleepte een stapel boeken naar een hoek van het bureau. "Ik heb zitten studeren," legde hij uit. "Er komt heel wat kijken bij het bestuur van een opvangcentrum. Ik heb geluk dat ik in de bibliotheek van het ziekenhuis werkte. Ik heb alle boeken die ik nodig had, mogen lenen."

Hij glimlachte. "Gaan jullie toch zitten."

Zanny zat op een van de twee stoelen voor het bureautje. Nick nam de andere.

"Nou," zei Edward Hunter toen hij zich op zijn eigen stoel liet vallen, "wat wil je weten?"

Wat ze wilde weten? Ze wist nauwelijks waar ze moest beginnen.

"U... u kende mijn vader vrij goed, hè, mijnheer Hunter?"

"Noem me maar Ed," zei Edward Hunter. "Ja, ik veronderstel dat ik hem goed kende. Ik heb hem op een vergadering ontmoet."

"Een vergadering?"

"Een AA-vergadering."

Zanny schudde haar hoofd. Dat kon ze onmogelijk goed hebben gehoord.

"AA?" zei Nick. Zijn stem klonk vriendelijk. Hij hield

Zanny's hand vast terwijl hij vroeg: "Bedoelt u de Anonieme Alcoholisten?"

Edward Hunter knikte. Hij keek ongemakkelijk. "Sorry, ik dacht dat je het wist. Ik dacht echt..."

"Geeft niks," zei Nick. Hij hield Zanny's hand stevig vast. "Het geeft niet, hè, Zanny."

Zanny was te verbijsterd om te antwoorden. De anonieme alcoholisten. Haar vader was naar vergaderingen van de Anonieme Alcoholisten gegaan en zij had nooit van iets geweten. Alles wat ze wist, was dat hij nooit dronk. "Ik raak dat spul niet aan," zei hij altijd. Ze vroeg zich af hoe het was gebeurd: hoe het bij hem was begonnen en wat of wie hem had laten stoppen.

"Ik herinner me die vergadering nog zo goed," zei Edward Hunter, "omdat ik een puinhoop van mijn leven had gemaakt en steeds weer excuses zocht voor mezelf. De subsidies waar ik op rekende om deze plek op te starten, waren ingetrokken. Het zag ernaar uit dat ik het centrum niet van de grond zou krijgen. Ik wist dat drinken daar niets aan zou veranderen en daarom ben ik naar die vergadering gegaan. Ik probeerde om mijn leven weer op de rails te krijgen. Maar het was hard, omdat ik wist dat wat ik mezelf ook wijsmaakte, ik mijn droom, het opvangcentrum, nooit zou kunnen verwezenlijken. Ik zou nooit krijgen waar ik zo hard voor had gewerkt en ik probeerde om daarmee te leren leven. In ieder geval, ik raakte aan de praat met je vader. Ik had hem al in het ziekenhuis gezien, maar we hadden nooit echt met elkaar gepraat. Hij stelde me een heleboel vragen. En hij bleef ze maar stellen, alsof het opvangcentrum toch zou doorgaan: hoe ga je dit aanpakken, heb je daar al aan gedacht? Niemand had me ooit zoveel vragen gesteld, zelfs niet op al de subsidieformulieren die ik had ingevuld. Hij was zo geïnteresseerd. Die avond na de vergadering zei hij: 'Blijf erin geloven. Als je gelooft,' zei hij, 'kan er van alles gebeuren.' Ik vond het onzin, toen. Ik dacht, ja hoor en als ik mijn mijn hielen tegen elkaar tik..."

Zanny keek hem niet-begrijpend aan. Er kwam een lichte blos op Edward Hunters wangen.

"Je weet wel, zoals Dorothy. In de Tovenaar van Oz. In ieder geval, drie weken later stond ik voor dit gebouw een affiche op te hangen om de opening van dit gebouw aan te kondigen. We hadden een anonieme schenking ontvangen van een rijke filantroop. Precies twee dagen later kwam je vader binnengewandeld en bood hij zijn hulp aan."

Edward Hunter leunde achterover op zijn stoel en de tranen stonden weer in zijn ogen. "Je vader was als een broer voor me, het laatste jaar, Zanny. Ik heb een jaar lang elke dag samen met hem aan dit project gewerkt. Ik heb hem wonderen zien verrichten bij die kinderen in het ziekenhuis. We hebben heel veel gepraat. Er waren keren, vooral als, nou, als een van de kinderen was gestorven..." Zijn ogen schoten weer vol tranen. "Er waren keren dat we de hele nacht praatten. Als je zoveel tijd met iemand doorbrengt, denk je dat je hem kent. Maar nu..." Hij schudde zijn hoofd. "Nu ik erover nadenk, besef ik dat ik bijna de hele tijd aan het woord was. En als hij iets zei, had hij het over de kinderen of stelde hij vragen: hij liet mij praten. Pas na zijn dood besefte ik dat ik eigenlijk helemaal niet zoveel over hem wist. Ik weet bijvoorbeeld alleen maar dat jij een broer hebt."

Een broer? Dat woord was als een dolk in Zanny's hart. Ze had een broer? En niemand had haar dat verteld?

"Dat heeft me veel verteld over Mitch," ging Edward Hunter verder. "Dat verklaarde waarom hij zo begaan was met deze plek en waarom hij zoveel gaf om de kinderen in het ziekenhuis." Zijn ogen werden weer vochtig. "Het spijt me," zei hij. "Ik blijf maar doorratelen en heb niet eens op je vragen geantwoord. Wat wilde je graag weten?"

Wat dacht je van alles? zou Zanny het liefste zeggen. Want zij had haar vader dan wel haar hele leven gekend en Edward Hunter maar een jaar, maar hij was haar mijlenver voor. Hij wist dingen over haar vader die zij nooit had vermoed. Hij wist dingen die haar vader haar nooit had verteld.

"U was de vriend van mijn vader," zei Zanny. "Ik vroeg me af... heeft hij iets bij u achtergelaten?"

Edward Hunter fronste zijn wenkbrauwen. "Iets achtergelaten? Hoe bedoel je?"

"Dat weet ik niet precies. Ik dacht dat hij misschien iets aan u had gegeven om voor hem te bewaren."

Edward Hunter schudde zijn hoofd. "Als je iets bedoelt dat zou kunnen helpen verklaren waarom... waarom hij is gestorven, nee. Hij heeft niets achtergelaten. Ik kan me niet inbeelden waarom hij... waarom het is gebeurd. Sorry."

Zanny zuchtte. Deze man ondervragen was een wilde gok geweest en het had niets opgeleverd. Ze stond op.

"Bent u daar heel zeker van?" vroeg Nick. "Heeft hij u nooit gevraagd om iets voor hem te bewaren?"

Maar Zanny luisterde niet meer. Ze keek naar de stapel bibliotheekboeken op het bureau van Edward Hunter en naar de etiketten op hun rug.

| QV | WQ | QZ |
|---|---|---|
| 140.3 | 240 | 210.5 |
| S562D | DC2 | F855F |
| 1978 | F293 | 1989 |
| | 1993 | |

"Een envelop, misschien?" zei Nick. "Of een pakje?"

Edward Hunter schudde zijn hoofd. "Sorry. Helemaal niks."

Een wirwar van letters en cijfers. Betekenisloze letters en cijfers die opeens wel iets betekenden voor Zanny.

"Weet u dat heel zeker?" drong Nick aan.

"Heel zeker."

"Bedankt, mijnheer Hunter. We moeten gaan," zei Zanny.

Nick keek verbaasd. "Maar…"

"We moeten gaan, Nick." Ze greep hem bij zijn hand en trok hem het kantoor uit en de gang door.

"Wat heb…" begon Nick.

"Breng me naar het ziekenhuis."

Zijn gezicht versomberde. "Waarom? Ben je ziek? Wat is er aan de hand?"

"Ik denk dat ik weet wat ze betekenen."

"Wat?"

"De letters en cijfers. Ik denk dat ik weet wat ze betekenen. Maar we moeten naar het ziekenhuis."

## 12

Zanny leidde Nick door de hal van het ziekenhuis. Ze bleef even staan om op adem te komen en zei toen: "Deze kant op."

Ze haastte zich de gang door, duwde aan het einde ervan de deur open en klom een donkere trap op naar de bibliotheek. Nick volgde haar.

"Ben je er zeker van dat je weet wat je doet?" vroeg hij. "Deze plek is verlaten."

"Het is zondag," zei Zanny. "Zelfs in een ziekenhuis is het op zondag rustiger dan anders." Ze nam twee treden tegelijk. Ze had hem ontcijferd. Ze had de code ontcijferd. Ze had de puzzel die haar vader had achtergelaten opgelost en ze wilde meteen zien waar hij heen zou leiden.

Bovenaan de trappen spurtte ze naar de bibliotheek met Nick in haar kielzog. Ze dacht aan het geld - tien miljoen dollar - en vroeg zich af waarom haar vader het, nadat hij al die moeite had gedaan om het te stelen, niet had uitgegeven. Dat hield geen steek. Zij en haar vader hadden altijd in flats of in kleine huizen gewoond. Ze hadden nooit een dure vakantie geboekt; ze hadden bescheiden spullen. Voor zover Zanny wist, hadden ze geleefd van wat haar vader verdiende met de vele slecht betaalde baantjes die hij door de jaren heen had gehad. En nu stond ze hier, op het punt om te ontdekken waar haar vader een fortuin had verstopt.

Ze bleef bij de deur van de bibliotheek staan en gluurde binnen. De zaal zag er verlaten uit.

"Is het hier?" vroeg Nick. "Moeten we hier zijn?"

Ze knikte.

"Het is hier zo stil," zei Nick. "Weet je zeker dat het open is?"

Ze voelde aan de deur. Hij was gesloten. Ze draaide zich wanhopig naar Nick.

"We moeten erin kunnen. Ik ben er zeker van dat we daar zullen vinden wat we zoeken."

Nick duwde zijn gezicht tegen het glas en tuurde naar binnen.

"Dit is belangrijk, hè," zei hij.

Ze knikte.

"Heel belangrijk?"

"Voor mij wel."

Nick trok zijn leren jas uit en draaide hem in een harde bal rond zijn vuist. "Niet thuis proberen, jongens en meisjes," zei hij toen hij een paar stappen achteruit deed en met zijn vuist het glas kapotsloeg. Zanny keek hem verbijsterd aan.

"Je zei toch dat het belangrijk was?"

"Ik zal het glas wel betalen," zei ze.

"Als je vindt wat je zoekt, kun je een hele nieuwe bibliotheek betalen." Hij stak zijn arm voorzichtig door het gebroken glas, draaide de deur uit het slot en trok hem open.

Zanny liep naar binnen en keek om zich heen. Ze reikte in haar zak naar het blad papier met de letters en cijfers erop. Nick keek naar het blad en liep toen naar een van de boekenrekken.

"Jezus," zei hij, "waar moeten we beginnen?"

Zanny keek opnieuw naar het blad papier.

WS105.5F2P2291909.

Ze dacht weer aan de boeken op de werktafel van Edward Hunter. De laatste vier cijfers vormden het jaartal, daar was ze zeker van. Ze keek naar de galerij rond de bibliotheek en naar de plaats waar haar vader zo vaak had zitten lezen in zijn lunchpauze. Ze herinnerde zich wat de bibliothecaresse had gezegd. "Alle oude boeken staan daar. Het is zo'n beetje ons archief."

"Deze kant op." Ze rende de trap naar de galerij op. Nick volgde haar.

Boven begon ze op de boeken te kijken. QS, QV, QW, QZ, WG, WM, WQ, WS.

"Hier," zei ze.

WS 12.

WS 52.

WS 100.

WS 102.

Ze naderde haar doel.

WS 105.

Hier was het.

WS 105.5.

WS 105.5F2P229 1909.

Ze had het gevonden.

Ze had het echt gevonden.

Ze trok een zwaar boek met een harde kaft uit het rek.

"Wat is het?" vroeg Nick.

Zanny bestudeerde de omslag. "Een boek over opvoedkunde, denk ik. Uitgegeven in..." Ze sloeg de eerste bladzijden om. "1909."

"Zijn we hiernaar op zoek? Een negentig jaar oud boek over opvoedkunde?" Ze bladerde het hele boek door. Niets. Ze hield het boek bij de rug vast en schudde ermee. Er viel niets uit. Ze voelde een golf van teleurstelling door zich heen gaan. Ze was er zo zeker van geweest. Dit moest de oplossing zijn. De cijfers en letters kwamen overeen met de cijfers en letters op het boek. Wat kon die code anders nog betekenen? Er moest iets in dit boek zitten dat de weg wees naar de tien miljoen dollar. Dat kon niet anders. "Laat mij eens kijken," zei Nick. Hij bladerde het boek nog eens door. Weer niets. Toen hield hij het boek tegen het licht en onderzocht de binnenkant van de omslag. Eerst de voorkant en toen de achterkant. Toen de voorkant nog eens. "Wat?" zei Zanny. "Heb je iets gevonden?"

"Ik weet het niet zeker, maar ik denk dat ze verschillen."

"Wat verschilt?"

"De voorkant en de achterkant. Kijk eens. De voorkant is donkerder, hij ziet er ouder uit. Maar de omslag achteraan is witter, alsof hij nieuwer is."

"Denk je dat dat iets betekent?"

Nick plukte aan de achterflap met zijn vingernagel. Hij prutste een hoek los en pelde het papier van de achterflap af. Er viel iets met een ping op de grond. Zanny bukte zich om het op te rapen. Het was een zilveren sleuteltje. Ze hield het triomfantelijk omhoog voor Nick.

"Het is je gelukt," zei hij.

Zanny glimlachte. "Het is ons gelukt." Ze keek weer naar het sleuteltje. "Maar wat is ons eigenlijk gelukt? Waar zou het op passen?"

Nick bestudeerde het sleuteltje. "Het ziet eruit alsof het van een kluis is."

"Een kluis? Van een bank, bedoel je?"

Zanny liet zich tegen het boekenrek vallen. Ze was zo dicht bij de oplossing en er tegelijkertijd zo ver vanaf. Eindelijk had ze de sleutel gevonden en nu kon ze hem niet gebruiken. Alle banken waren dicht op zondag.

"We kunnen morgen beginnen met zoeken," zei Nick. "Kom op, we zijn hier weg. We gaan naar mijn huis."

Zanny knikte. Er zat niks anders op. Ze kon niet terug naar

mevrouw Finster. En ze had geen eigen thuis om naartoe te gaan. Ze liepen samen de trap af.

"Als het van een kluis is, moet het van een bank hier in de stad zijn, denk je niet?" zei ze. "We kunnen misschien..."

De woorden stokten in haar keel. Er stond een man bij de ingang van de bibliotheek.

"Wat doet die hier?" vroeg Nick. "Hoe heeft hij ons gevonden?"

Zanny schudde haar hoofd. Haar mond werd droog. Naast haar zette Nick zich schrap.

Everett Lloyds gezicht stond grimmig onder zijn rode haar toen hij op hen af liep.

"Stop," zei Nick. Dreigde Nick. "Geen stap dichterbij, vriend. Geen stap." Zijn stem was scherp geworden, autoritair. Zanny gluurde naar hem. Ze had nog nooit zoveel vastbeslotenheid in zijn ogen gezien.

Everett Lloyd bleef op een paar meter afstand staan. Hij monsterde Nick een ogenblik en toen keken zijn bleekblauwe ogen Zanny aan.

"Mag je vriend nu al zeggen wat je moet doen, Zanny?"

Zanny antwoordde niet.

Everett Lloyd haalde zijn schouders op. "Oké, als je het zo wilt spelen. Maar mag ik je een vraag stellen?"

"Ik hoef niet met je te praten," zei Zanny. "En ik hoef ook niet naar je te luisteren."

"Hoe lang ken je je vriend Nick al? Ik wed dat je hem nog maar pas kent."

"Je hebt gehoord wat ze zei," snauwde Nick. "Ze wil je onzin niet horen."

"Weet je wat ik denk?" ging Everett Lloyd lijzig verder, terwijl hij alleen naar Zanny keek en zijn ogen in haar ogen boorde, "ik wed dat jullie elkaar nog maar pas kennen. Je hebt Nick een paar dagen voor je vaders dood ontmoet, hè, Zanny?"

"Luister, makker..." begon Nick.

"Nick is mijn vriend," zei Zanny. "Hij heeft me geholpen."

"Geholpen met wat? De tien miljoen dollar vinden?"

Zanny zei niets.

"Denk toch eens na, Zanny," ging Everett Lloyd verder. "Een week voor je vader werd vermoord, is er een foto van jou in de krant verschenen. Die foto is de reden waarom ik hier ben."

"Dat heb je al gezegd," antwoordde ze.

"Je hoeft niet met die griezel te praten, Zanny," zei Nick. "Kom, we zijn hier weg."

"Als ik die foto heb gezien, hebben een heleboel anderen die ook gezien," zei Everett Lloyd.

"Kom op, Zanny, je weet dat ik gelijk heb. Nick is nog maar pas je vriend, hè. Je hebt hem nog maar net ontmoet."

"Kom op, Zanny," zei Nick.

"Ik wed dat je Nick twee weken geleden nog nooit had gezien, heb ik gelijk?"

Elf dagen, dacht Zanny. Precies elf dagen geleden was Nick Mulaney haar algebrales binnenlopen. Maar dat betekende toch niets. Ze had geen enkele reden om naar Everett Lloyd te luisteren.

"Wat weet je over hem, Zanny?" vroeg Everett Lloyd. "Heb je zijn ouders ontmoet? Ik wed van niet. En weet je waarom? Omdat hij al sinds zijn zestiende niet meer bij hen woont. Hoeveel jaar is dat dan, Nick? Zeven jaar, hè?"

Zanny staarde Nick aan. Zeven jaar geleden? Maar dan was hij... drieëntwintig.

"Toe dan, Nick," zei Everett Lloyd. "Bewijs dat ik het mis heb. Laat haar je rijbewijs zien. Laat haar zien hoe oud je bent."

Zanny zocht in Nicks chocolade ogen, maar ze vond er niets in dat haar geruststelde.

"Dat rijbewijs is zeer boeiend, Zanny," zei Everett Lloyd, "want er staat niet alleen een geboortedatum, maar ook nog een naam op. Je kunt erop lezen dat je goede vriend hier helemaal niet Nick Mulaney heet. Dat is toch de naam waarmee je je op de school hebt laten inschrijven, hè, Nick Mulaney? Nou, hij heet niet Nick Mulaney. Hij heet Pesci. Zijn grootvader is Luigi Pesci, de man van wie je vader tien miljoen heeft gestolen." Everett Lloyd stak zijn hand uit. "Kom met mij mee, Zanny. Kom."

Nicks hand verstevigde zijn greep op haar bovenarm.

"Ik weet niet wat je denkt te bereiken, vriend, maar ze gaat nergens met jou heen. Ze gelooft geen woord van wat je zegt, hè, Zanny?"

Zanny staarde naar de roodharige man en zijn uitgestoken hand. Ze had geen enkele reden om hem te geloven. Hij had tegen haar gelogen. Hij had tegen de politie gelogen. Hij was niet wie hij zei dat hij was. En nu probeerde hij haar in de war te brengen door te beweren dat Nick niet was wie hij zei dat hij was. Nou, ze zou hem eens wat laten zien. Ze draaide zich naar Nick.

"Laat me je rijbewijs zien," zei ze. Ze keek Everett Lloyd onbewogen aan. Misschien dacht hij dat hij haar bang kon maken met zijn leugens, maar dan had hij het mis. Ze zou hem eens wat laten zien.

"Zanny, in godsnaam," protesteerde Nick.

"Toe dan, laat het haar zien, Nick," zei Everett Lloyd.

"Bemoei je er niet mee!" schreeuwde Nick. Zijn stem klonk zo hard dat Zanny opsprong. Zijn hand zat als een klem rond haar arm. "We gaan. Kom op."

"Nick, je doet me pijn."

Maar hij liet haar niet los.

"Wat scheelt eraan, Nick?" schimpte Everett Lloyd. "Mogen we je rijbewijs niet zien?"

"Ik zei dat je je er niet mee had te bemoeien!" brulde Nick.

"Nick..." Helemaal in de war probeerde Zanny zich van hem los te trekken. Maar hij liet haar niet gaan. Zijn vingers beten in haar arm.

"Nick, laat me los."

"Ja, Nick," zei Everett Lloyd, "laat haar los."

Zanny's adem stokte in haar keel. Hij had een pistool ergens vandaan gehaald en richtte het recht op Nick. Voor ze iets kon doen, trok Nick haar voor zich en klemde hij zijn arm als een bankschroef om haar heen. Opeens voelde Zanny iets duwen tegen haar linkerslaap. Iets kouds en hards.

"Laat dat pistool vallen," dreigde Nick. Zijn stem was een diepe grom in haar oor, "of ze gaat eraan."

De rilling begon in Zanny's borst en verplaatste zich in golven tot ze ijskoud werd. Dit kon niet waar zijn.

"Nick..." Ze probeerde zich uit zijn greep te bevrijden, maar zijn arm bleef als een stalen band om haar heen haar geklemd. Dit was geen grap. Dit was echt. De vloer deinde en draaide onder haar. Ze voelde zich misselijk worden. Dit kon niet waar zijn. Ze logen tegen haar - ze hadden haar allemaal belogen - haar vader, Everett Lloyd en nu Nick. Ze gaven alleen om het geld.

Everett Lloyd hield nog steeds zijn pistool recht, maar had het nu op Zanny gericht. Zijn gezicht stond grimmig.

Nick herhaalde zijn dreigement, benadrukte elk woord. "Laat dat pistool vallen."

Everett Lloyd verslapte zijn greep op het pistool. Heel langzaam bukte hij zich. Zanny zette zich schrap. Wat als hij iets zou proberen? En wat als Nick zijn dreigement zou uitvoeren? Everett Lloyd legde het pistool op de grond. Het metaal tikte op de tegels. Toen kwam hij weer overeind.

Zanny voelde dat de loop van het pistool van haar slaap werd gehaald. Nick richtte het niet meer op haar, zijn nieuwe doel was Everett Lloyd. Everett Lloyd besefte dat ook. Hij stond alweer overeind toen hij het pistool op hem gericht zag.

Everett Lloyd keek naar het pistool en toen naar Nick. "Ga je me vermoorden? Hier? In een ziekenhuis?" Hij keek de bibliotheek rond. "En dan? Ga je haar ook vermoorden?" Hij keek naar

Zanny. "Als hij mij vermoordt, zal hij jou ook moeten vermoorden, Zanny. Hij zal niet anders kunnen. Jij bent een getuige. Jij zult de enige zijn die hem een ongewapende man heeft zien neerschieten."

Nicks richtte zijn pistool een beetje hoger.

"Nee!" schreeuwde Zanny.

Ze stampte met haar hiel op Nicks voet. Ze mikte op zijn wreef, omdat dat het pijnlijkste was. Tegelijkertijd gooide ze haar hele gewicht tegen zijn greep.

Nick vloekte luid en liet haar los. Ze liet zich tegen de muur vallen. Toen hoorde ze een geluid, een fluisterend geluid, gevolgd door een doffe plop. Ze keek naar Everett Lloyd die met lege handen naar Nick staarde. Zijn pistool lag nog steeds aan zijn voeten. Toen keek ze naar Nick. Er verscheen een roos van bloed op zijn T-shirt. Hij keek of hij met stomheid was geslagen. Hij hing een ogenblik in de lucht, alsof een reusachtige hand hem aan zijn kraag vasthield. Toen zakte hij in elkaar, alsof die hand hem opeens losliet.

Mijn God, dacht Zanny. Mijn God.

Everett Lloyd bukte zich om zijn pistool op te rapen. Toen zei een stem achterin de zaal: "Laat liggen, Lloyd."

Hulpagent Wiley stond met getrokken pistool in de deuropening. Zanny was nog nooit zo blij geweest om iemand te zien.

"Lloyd, ik wil dat je dat pistool heel voorzichtig van je wegschopt," zei Wiley. "Heel voorzichtig."

Langzaam en met een tegenzin die Zanny van zijn gezicht af kon lezen, gehoorzaamde Everett Lloyd. Het pistool gleed over de vloer.

"Goed zo," zei Wiley. Hij hield zijn ogen en zijn wapen op Everett Lloyd gericht en zei: "Zanny, nu wil ik dat je dat pistool opraapt en het naar mij toe brengt."

Zanny's benen trilden toen ze overeind krabbelde. Nick lag voor haar, bewegingloos, dood of stervend. Een deel van haar wilde naar hem toegaan, hem aanraken, zijn zachte lippen aanraken. Er ging een pijnscheut door haar hart. Ze had hem vertrouwd. Ze had op hem gerekend. Ze wilde niet geloven dat hij haar had belogen, dat hij haar had belogen vanaf het moment dat hij haar bij de school in de val had gelokt.

"Zanny?" zei rechercheur Wiley. "Kun je me horen?"

Zanny knikte zwijgend. Haar knieën knikten zo erg dat ze met haar hand tegen de muur moest leunen om overeind te blijven.

"Pak het pistool, Zanny," beval Wiley. Hij sprak langzaam, alsof hij het tegen een klein kind had.

Zanny liep op wankele benen naar het wapen. Ze kon niet naar Nick kijken; ze weigerde naar Everett Lloyd te kijken.

"Pak het bij de loop," ging Wiley verder. "Zo ja, kalmpjes aan. Breng het naar mij toe."

Ze liep naar hem toe.

"Niet doen, Zanny," riep Everett Lloyd achter haar. "Geef het niet aan hem. Hij is evenmin te vertrouwen als Nick."

Zanny draaide zich langzaam om en staarde hem aan. Kokend van woede keek ze naar de roodharige man. "Ga je me nu vertellen dat hij ook niet is wie hij zegt dat hij is?" snauwde ze. "Dat hij niet van de drugsbrigade is? Want dan kun je je de moeite besparen. Ik luister niet naar jou. Waarom zou ik? Jij bent niet wie je zegt dat je bent. Je bent mijn oom niet."

"Goed zo, Zanny," vleide Wiley. "Luister niet naar hem, breng dat pistool naar mij."

"Ik weet niet wat hij je heeft verteld, Zanny," zei Everett Lloyd, "maar ik ben wel je oom. En ik was je vaders partner."

"Zijn partner?"

"Toen hij een politieagent was. Zo heeft hij je moeder ontmoet. Ik heb ze aan elkaar voorgesteld."

"Je liegt, Lloyd," zei Wiley. "Ik heb haar alles over jou verteld."

"Ik weet niet wat hij je heeft verteld, Zanny. Maar als hij je heeft verteld dat je vader een dief is, heeft hij gelogen. Zo is het niet gegaan."

"Hou je bek," grauwde Wiley. "Hou je bek voor ik..."

"Voor je wat, Wiley? Voor je een ongewapende man voor de ogen van een getuige neerschiet? Of wil je haar ook vermoorden en zelfverdediging pleiten?"

Wiley's grijsblauwe ogen waren koud als steen.

"Vlak na jouw geboorte is je vader weggegaan bij de politie en bij de drugsbrigade gegaan. Hij is undercover voor ze gegaan," zei Everett Lloyd. "Wiley was zijn contactpersoon. Wiley was degene die werd verondersteld hem te beschermen, ervoor te zorgen dat hij niet werd betrapt."

"Hou je bek," schreeuwde Wiley. "Hou je bek."

"Maar op de een of andere manier is het misgelopen, hè, Wiley? Er liep iets mis en opeens ontplofte je vaders auto. Maar daar zat niet je vader in, maar je moeder. Zo is je moeder gestorven, Zanny. Ze werd opgeblazen in een bomauto. En toen heeft je vader besloten om het de daders betaald te zetten. Hij besloot om de Pesci-familie te raken. Luigi Pesci in het bijzonder, op de enige plaats waar ze het zouden voelen... in hun portefeuille en in hun trots. Ook hier moest Wiley hem beschermen, hè, Wiley?"

"Ik waarschuw je, Lloyd, als je je bek niet houdt..."

"Je vader wist dat er een grote drugstransactie zou plaatsvinden. Hij wachtte tot de Pesci's de hoeveelheid drugs ter waarde van tien miljoen dollar hadden ingeruild voor cash en beroofde ze toen. Hij vernederde ze door het geld onder hun neus vandaan te stelen. Wiley werkte mee aan die operatie, hè, Wiley? Als ik me niet vergis heb jij de hele hold-up gecoördineerd, niet?"

Wiley kwam een stap dichterbij.

"En toen ging er iets mis. Er gebeurde iets onverwachts, hè, Wiley? Wat was het ook alweer? Begreep Mike wat jij van plan was? Hij raadde dat je er zelf vandoor wilde gaan met het geld, hè? En hij kon je tegenhouden, hè? Hij hield je tegen en moest toen op de vlucht met het kind om zich te beschermen tegen Pesci, tegen de drugsbrigade en vooral tegen jou, hè, Wiley?"

Wiley stak zijn hand uit naar Zanny. "Geef me het pistool," zei hij.

Zanny aarzelde. Als Everett Lloyd echt haar oom was, had Wiley haar belogen. Ot Everett loog nu en Wiley vertelde de waarheid.

Everett Lloyds bleke ogen keken Zanny aan en hielden haar blik gevangen. "Ik weet dingen over jou die niemand anders weet. Ik weet dat je als baby nooit wilde gaan slapen. Ik heb ontelbare keren 's nachts met je rondgelopen in huis, als je moeder me had gestrikt om te babysitten."

"Luister niet naar hem, Zanny. Geef me dat pistool," drong Wiley aan.

"Ik weet dat je een moedervlek hebt," zei Everett Lloyd. "Op je... op je zitvlak. Hij ziet eruit als een beertje. Daarom noemde je vader je Teddy toen je klein was."

Zanny liet het pistool bijna uit haar handen vallen. Ze keek in zijn ogen. Ze hadden dezelfde kleur als de ogen die haar hadden aangekeken vanaf de foto, dezelfde ogen als het meisje dat haar moeder was. "Ze kunnen foto's zo bewerken dat je er met het blote oog niets van merkt," had Wiley haar verteld. "Ze kunnen tegenwoordig zoveel met de computer," had hij gezegd. Maar wat kunnen computers doen met moedervlekken? Welke computer kon haar vaders troetelnaam voor haar produceren?

Zanny was nog geen twee jaar geweest toen haar vader van de aardbodem was verdwenen. Wat voor informatie konden ze hebben vergaard? Waarom zouden ze zich daarmee bezig voor die tijd hebben gehouden? Leefde ze echt in een wereld waar de goeien of de slechten of om het even welke kant databanken bijhielden over elke baby, over de moedervlekken of troetelnamen die ze hadden, voor het geval dat het nog eens van pas zou komen? Ze klemde haar hand rond de loop van het pistool; in de andere hand hield ze het sleuteltje dat ze in het bibliotheekboek had gevonden.

Wiley hief zijn pistool op om Everett Lloyd nog beter onder schot te hebben. Zijn grijze pupillen werden speldenknopjes.

"Ik heb het gevonden," zei Zanny. Ze hield het sleuteltje voor zich zodat beide mannen het konden zien. "Ik heb het geld gevonden. Het zit in een kluis. Hier is de sleutel."

Wiley kwam een stap dichterbij. Hij verloor Everett Lloyd geen seconde uit het oog, maar gluurde af en toe gretig naar het sleuteltje. "Geef het aan mij, meisje. Geef dat sleuteltje."

Zanny glimlachte. "'Tuurlijk," antwoordde ze. "Hier." Ze gooide het sleuteltje in Wiley's richting, mikte ver en hoog, over zijn hoofd heen. Hij moest zich omdraaien om die boog te volgen. En in die fractie van een seconde, terwijl hij zijn hebzucht volgde, gooide ze het pistool naar Everett Lloyd. En toen klikte alles in slow motion, alsof ze in een scène van een film struikelde. Een dodelijke droomscène.

Wileys hoofd zwaaide naar achteren om de boog van de sleutel te volgen, niet lang, maar lang genoeg voor Everett Lloyd om het pistool op te vangen.

"Bukken!" schreeuwde hij naar Zanny. "Op de vloer!"

In de seconde dat Zanny wegkrabbelde en zich op de grond liet vallen, tikte de sleutel op de tegels. Hij schoof weg op de geboende vloer. Wiley zwaaide terug naar Everett Lloyd en met elke graad die hij draaide, hief hij zijn pistool wat hoger. Everett Lloyd deinsde terug en viel opzij, tegen de muur.

Zanny kon het niet geloven. Ze zat midden in een schietpartij. Twee mannen stonden voor haar, tegenover elkaar - twee mannen hadden een dodelijk wapen op elkaar gericht.

Er klonken twee schoten. Heel snel achter elkaar, maar Zanny was er bijna zeker van dat Wiley's pistool het eerste was afgegaan. Everett Lloyd sloeg tegen de muur. Zijn pistool kletterde op de vloer. Rechercheur Wiley richtte zijn pistool opnieuw. Zanny voelde ijs door zich stromen. Ze zag Everett Lloyd met zijn gezicht vol pijn en emotie naar zijn gevallen wapen strompelen. Zanny dook naar de overkant van de gang, naar waar Nick lag en trok het pistool uit zijn bewegingloze hand. Toen plofte Wiley neer, als een steen die op de bodem van een vijver terechtkomt. Hij viel voorover op de tegels; ze hoorde het gekraak van zijn voorhoofd op de harde ondergrond. De achterkant van zijn jas was doordrenkt met bloed. Een seconde later zakte Everett Lloyd in elkaar.

## 13

Zanny goot een scheutje melk in haar koffie en keek toe hoe het krinkelde als wolken in een stormachtige lucht. Ze had de hele nacht geen oog dichtgedaan. Ze had voortdurend liggen malen over wat er was gebeurd. Er was in zo'n korte tijd zoveel veranderd en blijven veranderen. De hele geografie van haar leven was gewijzigd. Ze had een kaart nodig om zich te heroriënteren. Maar ze kon er nu tenminste zeker van zijn dat ze er een had die ze kon vertrouwen.

Tegenover haar aan tafel probeerde Everett Lloyd - oom Everett - een stuk spek af te snijden met de zijkant van zijn vork. Het lukte hem niet zo best.

"Kom," zei Zanny. Ze nam zijn vork en zijn mes en sneed het spek in hapklare stukjes.

Zijn gezicht was bleek; zijn linkerarm hing nutteloos in een draagdoek. Maar hij voelde zich blijkbaar al wat beter, want hij begon gretig aan zijn spek en eieren.

Zanny vroeg zich af wat zijn vrouw - tante Margaret - voor iemand was en hoe het zou zijn om bij haar neefje en nichtje te wonen. "Zet je alvast maar schrap," had haar oom haar verteld in het ziekenhuis. "Onze kant van de familie is klein, maar die van

Margaret is gigantisch. We moeten altijd extra stoelen huren om iedereen op Thanksgiving te kunnen laten zitten. En Kerstmis, wat een feest!"

Zanny kon het zich niet voorstellen. Haar feesten waren altijd zo kalm geweest, zo klein, Kerstmis voor twee.

Haar oom keek haar aan terwijl hij van zijn koffie dronk. "Nerveus?" vroeg hij.

"Ik wou gewoon dat hij er al was," zei Zanny. Ze hadden in dit café, tegenover de bank waar haar vader een kluis had gehuurd, afgesproken met inspecteur Jenkins.

"Maak je maar geen zorgen," zei hij. "Ik heb het gevoel dat inspecteur Jenkins heel stipt is." Hij glimlachte vriendelijk naar haar.

"Maar wat als we ze vinden? Wat als we die tien miljoen echt vinden?"

Haar oom haalde zijn schouders op. "Dan kunnen we dit hoofdstuk voorgoed sluiten. Je vader was een goed man, Zanny. Hij heeft harde tijden gekend in zijn leven, keiharde tijden, eerst toen je broer stierf en daarna nog eens je moeder. Maar hij was een goed man en ik denk dat hij het goed bedoelde. We moeten ons daarop concentreren en de rest proberen te vergeten."

Zanny staarde in haar koffie en toen in de bleekblauwe ogen van haar oom. "Tot gisteren wist ik niet eens dat ik een broer had."

Everett Lloyd reikte over de tafel en kneep in haar hand. "Arme meid. Je moet nog zoveel inhalen, er zijn nog zoveel onbeantwoorde vragen. We hebben nog niet veel tijd gehad, samen."

Zanny knikte en vocht tegen tranen van frustratie. "Wat is er met hem gebeurd?"

"Hij had leukemie. Hij stierf toen hij vijf jaar was. Het was een lange lijdensweg, Zanny, een harde lijdensweg voor je moeder en je vader, maar vooral voor je vader. Hij had het heel moeilijk nadat Alex was gestorven."

Alex. Ze had een broer gehad, die Alex heette.

"Mike begon te drinken. Hij begon zich op te geven als vrijwilliger voor de gevaarlijkste opdrachten. Ik was toen ook bij de politie en ik wist wat het betekende om undercover te werken. En je vader had het blijkbaar nodig om zijn leven op het spel te zetten. Ik denk dat hij daarom bij de drugsbrigade is gegaan. Ik denk dat hij zich daarom kandidaat stelde voor de Pesci-opdracht. En na die aanslag op je moeder..." Zijn stem stierf weg. Hij zuchtte. "Maar hij heeft het gered, ondanks alles wat er is gebeurd. Hij heeft gedaan wat hij moest doen, Zanny. Hij heeft jou beschermd. Hij is opgehouden met drinken. Hij had een goede baan waar mensen hem respecteerden. En zo zullen de mensen zich jouw vader herinneren, Zanny. Ze zullen zich de goede dingen herinneren."

"Wie heeft hem vermoord?" vroeg Zanny. "Wiley of Nick?"

"Wiley. Ik denk niet dat het zijn bedoeling was. Hij moet jouw foto in de krant hebben gezien en je hier op het spoor zijn gekomen. Ik denk dat hij er probeerde achter te komen waar het geld was en dat je vader hem op heterdaad heeft betrapt. Ze moeten hebben gevochten en je vader moet per ongeluk zijn gedood. Het zou dom zijn geweest van Wiley om hem te vermoorden voor hij wist wat je vader met het geld had gedaan."

"En Wiley heeft mijnheer Sullivan ook vermoord?"

Everett Lloyd knikte. "Blijkbaar. Maar volgens de politie heeft Sullivan zelf je vaders dossier verbrand. En uit de resten van de vuilnisbak hebben ze kunnen opmaken dat hij het een hele tijd voor hij werd vermoord heeft verbrand, lang voor Wiley bij hem was."

"Maar waarom? Waarom moest mijnheer Sullivan het dossier van mijn vader verbranden?"

Everett Lloyd haalde zijn schouders op. Hij spoelde de laatste hap spek met eieren door met een grote slok zwarte koffie. "Daar vraag je me wat," zei hij. "Waarschijnlijk omdat er iets in stond dat het daglicht niet kon verdragen. Weet je, Zanny, sommige dingen zullen we waarschijnlijk nooit te weten komen."

Ontbrekende puzzelstukjes. Er ontbraken te veel puzzelstukjes. Te veel onbeantwoorde vragen die altijd onbeantwoord zouden blijven. Zanny nipte aan haar koffie.

"Waarom zei Wiley dat je mijn oom niet was?"

"Om je van je stuk te brengen. Om er zeker van te zijn dat als je het geld vond, hij de enige zou zijn tegen wie je dat vertelde. Hij wilde dat geld hebben, Zanny. Dat wilde hij vijftien jaar geleden al en gisteren nog steeds." Zijn oom keek naar de deur. "Daar is de inspecteur." Hij keek op zijn horloge, dat hij nu noodgedwongen om zijn rechterpols moest dragen. "Precies op tijd, net zoals ik dacht."

Zanny fronste haar wenkbrauwen en zag inspecteur Jenkins op hen toe lopen. Haar hart begon als gek te bonzen. Binnen een paar minuten zou ze de kluis van haar vader openen, de deur naar het verleden openen.

✣ ✣ ✣

Het duurde langer dan ze had verwacht. Er kwam meer papierwerk bij kijken dan Zanny ooit voor mogelijk had gehouden: eerst de papieren van de rechtbank die inspecteur Jenkins tevoorschijn haalde en dan de bundel formulieren die eerst inspecteur Jenkins en toen Zanny moesten tekenen, drie kopieën van elk. Toen de kluis eindelijk naar hen toe werd gebracht in een klein kamertje, was Zanny verbaasd dat het zo klein was, zo plat, zo licht en makkelijk te dragen. Ze kon zich niet voorstellen wat erin zou liggen dat tien miljoen dollar waard was. Ze begon te wanhopen. Nog een puzzelstuk dat ontbrak.

Inspecteur Jenkins haalde het sleuteltje van de kluis uit zijn zak. Hij stak het in het slot, bedacht zich toen en gaf het aan Zanny. Haar handen beefden toen ze de sleutel aannam en de kluis langzaam opendraaide. Ze staarde een ogenblik naar de kluis, sloot haar ogen en fluisterde een gebed toen ze het deksel oplichtte. Toen ze opnieuw keek, zag ze niets anders dan een envelop en een klein boekje met een rode leren omslag, waar met een elastiekje een bericht omheen zat. Ze keek naar inspecteur Jenkins en naar haar oom, die knikte. Ze haalde eerst de envelop eruit. Daar had iemand - ze veronderstelde haar vader - op getypt: aan Everett Lloyd of de overheid na mijn overlijden. Zanny hield hem even vast; hij zat vol papier. Ze gaf hem aan haar oom.

Hij las de woorden op de voorkant, haakte met zijn vinger onder een van de flapjes en scheurde de envelop open. Hij trok er een bundel getypte bladzijden uit. Toen hij ze begon te lezen, nam Zanny het boekje uit de kluis. Ze haalde het elastiekje eraf en vouwde het blad papier open. Het was een kort berichtje in het handschrift van haar vader. *Zanny: Je moeder wilde dit aan jou geven. Het is niet veel, maar het is voor jou. Ze hield zielsveel van je. Papa.* Zanny opende het boekje. Het was een dagboek. Ze herkende het handschrift niet. Het waren niet de hanenpoten van haar vader. Dit geschrift was netjes, compact en elegant. "Aan mijn lief dochtertje," stond er. Op de eerste bladzijde stond de datum die altijd belangrijk was geweest voor Zanny. Haar geboortedatum. Haar ogen liepen vol tranen. Nadat ze zich haar hele leven had afgevraagd hoe hij zou klinken, hoorde Zanny eindelijk de stem van haar moeder. Kon ze eindelijk haar gedachten lezen. Ze bladerde het boek door en vond de plaats waar het eindigde. Ze las de datum van de laatste dag: twee maanden voor Zanny's tweede verjaardag.

Naast haar slaakte haar oom een zucht. Hij gaf de bundel papieren die hij had zitten lezen aan inspecteur Jenkins.

"Ik veronderstel dat daarmee twee vragen zijn beantwoord," zei Everett Lloyd. "Waarom mijnheer Sullivan het dossier heeft verbrand en wat er met de tien miljoen is gebeurd die je vader heeft gestolen van de Pesci-familie."

Zanny klapte het dagboek dicht en hield het dicht tegen zich aan. Ze keek naar haar oom.

"Het ziet ernaar uit dat je vader het geld heeft gebruikt om een opvangcentrum voor kinderen te bekostigen," vertelde hij.

"Het opvangcentrum van Edward Hunter," zei Zanny. Natuurlijk. Net nadat Edward Hunter haar vader had ontmoet, had een anonieme weldoener al het geld geschonken dat hij nodig had om zijn opvangcentrum voor terminaal zieke kinderen te verwezenlijken. Haar vader was in zijn vrije uren kinderen gaan opzoeken en opvrolijken die ernstig ziek waren. Haar eigen broertje was gestorven aan leukemie. Het klopte allemaal. Daar was die tien miljoen naartoe gegaan. Daar had hij ze aan uitgegeven. Dat was waarom hij na al die jaren tot rust was gekomen in Birks Falls. Wat droevig dat hij die rust veel te laat had gevonden.

Inspecteur Jenkins knikte. "Je vader schrijft hier dat hij er niet over had nagedacht wat hij met het geld zou doen voor hij het stal. Hij dacht alleen maar aan wraak. Hij zegt dat hij pas toen hij hier kwam wonen en Edward Hunter ontmoette eindelijk wist waar het geld voor was."

"Hij liet William Sullivan de papieren opmaken," zei haar oom. "Een van zijn voorwaarden was dat de schenker anoniem zou blijven."

"Wat verklaart waarom mijnheer Sullivan zijn dossier heeft verbrand," zei Zanny. "Om ervoor te zorgen dat alles geheim bleef."

Haar oom knikte.

"Maar waarom is mijnheer Sullivan vermoord?" drong Zanny aan.

"Hij beschermde het geheim van je vader," zei Jenkins. "Daarom heeft hij het dossier verbrand. Wiley vermoordde hem toen hij probeerde om hem het geheim te laten vertellen."

Inspecteur Jenkins vouwde de papieren weer op en stopte ze in de envelop. "Ik weet niet wat de federale politie hierover gaat zeggen, maar als je het mij vraagt, had hij het geld geen betere bestemming kunnen geven. Het opvangcentrum zal een grote steun zijn voor heel veel gezinnen."

Er rolde een traan van Zanny's wang. Ze dacht dat ze haar vader had gekend: ze had zo weinig geweten.

✣✣✣

Everett Lloyd keek uit het raam. "Daar is onze taxi," zei hij.

"Wacht!" riep mevrouw Finster. Ze haastte zich de keuken uit en duwde een enorme bruine papieren zak in Zanny's handen. "Ik heb wat lekkers klaargemaakt voor jullie. Het is een lange reis met het vliegtuig. Je zult wel honger krijgen."

"Maar je krijgt eten in het vliegtuig, mevrouw Finster," protesteerde Zanny.

Mevrouw Finster trok minachtend haar neus op. "Ik heb een paar broodjes kipsla gesmeerd. En er zitten ook een paar koekjes bij. En, mijnheer Lloyd, ik wist nog hoe lekker u die koekjes vond, dus heb ik het recept opgeschreven voor uw vrouw. Het zit bij de koekjes."

"Dank u, mevrouw Finster," zei Zanny's oom. "Dank u voor alles."

Mevrouw Finster keek naar Zanny, gooide zich opeens in haar armen en gaf haar een stevige berenknuffel.

"Veel geluk, liefje," zei ze. Haar ogen werden vochtig. Ze veegde ze af met een tipje van haar schort. "Kijk mij nou eens," lachte ze. "Mijn jongens zeggen altijd dat ik om het minste huil. Ze zullen wel gelijk hebben."

Zanny glimlachte.

"Ik waardeer heel erg wat u voor me hebt gedaan, mevrouw Finster. Echt waar."

"Dat stelde toch niks voor. Iedereen zou hetzelfde hebben gedaan."

"Misschien," antwoordde Zanny. "Maar u hebt het ook echt

gedaan en ik wil dat u weet hoezeer ik dat waardeer." Ze boog voorover en kuste mevrouw Finster op de wang.

Mevrouw Finster bloosde. "Nou, jullie moesten maar eens vertrekken." Toen sprong ze op. "Oh, het is zo'n lange vlucht. Wacht, ik ga wat tijdschriften halen om in het vliegtuig te lezen."

"Dat hoeft niet," zei Zanny. Ze voelde de geruststellende bult van het leren dagboek in haar handtas. Gisterenavond had ze elk woord ervan gelezen. Ze was van plan het opnieuw te lezen. Ze was van plan het te blijven lezen tot elk woord in haar geheugen zou zijn gegrift. "Ik heb al iets om te lezen."

"Iets goeds, hoop ik," zei mevrouw Finster.

"Iets heel goeds," verzekerde Zanny haar.

# Norah McClintock

Norah McClintock werd geboren in het Canadese Quebec. Ze studeerde Noord-Amerikaanse geschiedenis aan de universiteit van Montreal. Ze werkte een tijdje als secretaresse en kwam terecht in het Canadees Centrum voor Filantropie, waar ze communicatieverantwoordelijke werd. Ze studeerde middeleeuwse geschiedenis bij aan de universiteit van Toronto. In haar vrije tijd leest ze veel en schrijft ze jeugdboeken. 'Het lijk in de kelder' is haar eerste boek dat bij Clavis vertaald is.

# De speelmansmoorden

*Jon Misselyn*

Sinds enkele weken begluren Vanessa en Bram een vrijend paartje in een huis aan de Speelmansrei. Op een keer zien ze iets vreemds: een bed besmeurd met bloed. Als diezelfde dag een lijk wordt gevonden, niet ver daarvandaan, gaan de twee tieners zelf op onderzoek uit.

*De Speelmansmoorden* is een spannend boek uit de reeks ‘teen krimi’s’: detectives voor en opgebouwd rond nieuwsgierige jongeren die zelf op onderzoek uitgaan om moordzaken op te lossen.

+ *14 jaar - ISBN 90 6822 383 6*

# Moord in het atheneum

*Jon Misselyn*

De leraar Nederlands van het Brugse atheneum wordt vermoord in zijn klas aangetroffen. Bram en Vanessa, twee leerlingen van de school die eerder al de mysterieuze Speelmansmoorden oplosten, worden gevraagd om op onderzoek te gaan. Hoewel ze van allerlei kanten tegengewerkt worden, blijven ze volharden. Voor de tweede keer slagen ze erin de Brugse politie voor te zijn.

*Moord in het atheneum* is een spannend boek uit de reeks 'teen krimi's': detectives voor en opgebouwd rond nieuwsgierige jongeren die zelf op onderzoek uitgaan om moordzaken op te lossen.

*+ 14 jaar - ISBN 90 6822 384 4*

# Het lijk in de kelder

*Norah McClintock*

Een spannende krimi! Wanneer de vader van de vijftienjarige Tasha onterecht bschuldigd wordt van de moord op Tasha's moeder, gaat Tasha op zoek naar de echte moordenaar.

*+ 14 jaar - ISBN 90 6822 639 8*